本書由河南大學黄河文明省部共建協同創新中心資助出版

王庚集

[清]王庚 著
趙奉蓉 點校

◎清代中州名家叢書

中州古籍出版社
·鄭州·

圖書在版編目(CIP)數據

王庚集 / (清) 王庚著 ; 趙奉蓉點校. —鄭州:
中州古籍出版社, 2019.11
(清代中州名家叢書)
ISBN 978-7-5348-8820-5

Ⅰ. ①王… Ⅱ. ①王… ②趙… Ⅲ. ①古典詩歌-詩集-中國-清代 Ⅳ. ①I222.749

中國版本圖書館 CIP 數據核字(2019)第 199089 號

出版社:中州古籍出版社
(地址:鄭州市鄭東新區祥盛街 27 號 6 層　郵編:450016)
發行單位:新華書店
承印單位:河南大美印刷有限公司
开本:890mm×1240mm　1/32　**印張**:5.125
字數:120 千字　**印數**:1-2 000 册
版次:2019 年 11 月第 1 版　**印次**:2019 年 11 月第 1 次印刷

定價:20.00 元
本書如有印裝質量問題,由承印廠負責調換。

整理説明

王庚，字華金，號寄圃，河南淮陽人。生於乾隆四十八年（一七八三），卒於道光十八年（一八三八）。

王庚家學淵源深厚，父子、兄弟、子侄皆一郡名士。年少有才，七歲入小學，誦書日千言。九歲能屬對，始作七言二韻詩，言談舉止間，彰顯遠大志向。十一歲作帖括，結構浩瀚，意思深長。是年王庚參加童子試，名列前茅，爲郡守陳公所嘉獎，遂有『神童』之譽。十五歲出外跟隨師傅學習，同時又學習騎射之術，握弓三日，即能一發中鵠，后因母親反對而放棄練習。十八歲被補爲博士弟子，很快便擢升爲『增生』。之後因爲家道中落，王庚靠給人做私塾先生以維持生計，奉養父母。其間雖然學問越來越深厚，但是屢次參加科舉考試皆不得志。當時的郡守是瞿子皋，他讀過王庚的文章之後，深爲讚賞，遂收王庚爲門生，并推薦王庚到都閫任公處做私塾先生，王庚因奉養父母之故而未去。四十七歲時，在一場重病之後，王庚始染目疾，後來雖多方診治，然而不僅没有好轉，反而被庸醫所誤，竟致失明。

王庚本來美目丰姿，器宇軒昂，如同雕刻出來的人物，而身染目疾，對於王庚來説，無論是從生理上，抑或心理上，都是極大的傷害。再加之科舉上的不得志，中年以後的王庚内心是鬱悶的，也是無奈的。在他養病的九年時間里，王庚置身空林，苦無聊賴，他的生活簡單而有規律：每日飯後出門坐卧草廳，詢問家中田園作物情況，間或見客。晚上則到密林書屋，監督孩子們學習。爲了養病，王庚大部分時間内心是沉静的。王庚夙愛詩歌，但是寫詩太耗費精力，其師瞿子皋多次勸誡，所以王庚輕易不肯去寫新詩。不過，每當春秋佳日，偶然與友人相聚之時，或者在與族中子弟談話之時，還有每當提及古代的忠義之士、建立顯赫功業之人、近來有功于邊疆戰事的人的時候，王庚便再也無法壓抑心中洶湧澎湃的詩思，隨手爲詩，慷慨陳詞。有一次，王庚去往睢陽六忠祠，寫了一首《戊戌夏日謁睢陽六忠祠》，寫就之後，王庚向自己的兒子們講述了唐代一些忠義之士的事跡，言談之間，王庚慷慨激昂，竟然將自己的一顆牙齒咬掉了。雖然王庚自言這是人老體衰而失儀，但是，他的很多詩歌都彰顯了慷慨激昂、氣吞鬼神的豪氣，也彰顯了對忠直衛國、奮勇殺敵的讚歎。當時聽王庚立就之詩的好友，或者是王庚的兒子們，總是馬上將詩用筆記下，如此，日積月累，漸成規模，稿紙積滿了案頭。好友便力勸王庚將此詩稿刊刻成書，王庚則認爲有德有職位之人，方可言詩，自己科舉不得志，且又有目疾，『病廢潦倒』，嗟歎之詞刊刻成書將貽笑大方，故而予以拒絶。後來在遊歷襄山之時，王庚的好友再次提出讓王庚刊刻詩集，並且表示會提供全部的刊刻費用，盛情難卻之下，王庚擇其優者，編次之後刊刻成書，這就是

《寄圃詩草初集》。

《寄圃詩草初集》編次之後一年（一八三八）的六月二十二日，王庚就去世了。王庚去世很突然，當日王庚赴東村蔡某之約，去蔡某家飲酒，回家之後身體無恙，還與自己的兒子驤衢等人談論詩文，父子幾人相谈甚欢，便又喝了幾杯酒。到了半夜，王庚突然感觉心脏有所不適，但也不是特別痛苦，没想到天明時分，王庚竟因此離世，終年五十七歲。

王庚去世之後，他的胞弟王椮甚爲悲痛，他翻閲唐史，發現王庚與杜甫的去世情狀極爲相似：杜甫去世之時亦爲五十七歲；去世亦極爲突然，亦是飲酒之後，一夜之間而亡。『吾兄得病之速如之，所卒之年亦如之。』另外，王庚與杜甫的相似之處還有很多，比如才調皆伉爽，性情皆激昂，遭遇皆坎坷等。如此多的相似之處，讓王椮不禁有了一種感覺：王庚就是杜甫轉世。再加上其好友趙石臺孝廉曾經説王庚的詩歌『慷慨悲壯，綽有拾遺風』，因此，王椮便囑託驤衢等人將王庚的詩作，除去已編次的匯鈔成帙，珍藏起來，尋找一個合適的機會刊刻成書，不辜負王庚的半生心血。驤衢、雲衢亦不願父親的心血被埋没，便薈萃整理了王庚剩餘的詩作，刊刻成書，這就是《寄圃詩草次集》。

『詩以言志』，《寄圃詩草初集》《寄圃詩草次集》是王庚多年的志向抱負、情感思想的體現。『詩窮而後工』，王庚『少負奇氣，能文章，慨然有建偉業質當世之意，爲諸生數十年不獲一遇，惟舌耕爲業。中年病眸，遂用自廢，於是本其志所欲，就意所欲言者，一著之於詩』，心中的志向在遭遇現實的困厄之後，轉而生出鬱悶、不甘與無奈，因此，王庚詩作的情感感召力是很强的，聽其歌、讀其詩之人，經常爲其所感染，涕淚交加，『此時坐客聽吾詩者，或至隕涕』，進而對王庚佩服無比，『一時文人學士讀其詩者，無不心焉服也』。

《寄圃詩草初集》《寄圃詩草次集》大約收詩四百餘首，内容豐富，涉及他生活的多個方面。具體而言，其詩歌内容主要集中在以下幾個方面：

一　寫景詩

世間萬物，是觸發詩情的媒介，也是詩歌表現的對象。一花一草，一樹一木，一山一河，一江一湖，一晴一陰，一風一雲，一雨一雪，都如同舞動的精靈，進入到王庚的詩歌世界，在生花妙筆之下組合成不同的畫面，演繹著王庚的詩情畫意。

王庚詩歌中的景物，有壯闊與清新、壯美與秀美之分。

壯闊之景物，以置于《寄圃詩草初集》卷首的《岱宗臨眺》爲代表：

磴道盤東嶽，登臨入上方。峯巒啚漢樹，練馬辨吴閶。海氣三山黑，河流一線黄。誰言通帝座，搔首尚茫茫。

此詩是王庚年輕時所作。首兩句以動態入詩，寫走過十八盤方登上泰山之頂，言説泰山之高、泰山之險。登上泰山之後，頓時心情暢快無比，詩人瞬間被泰山的磅礴氣勢打動了。登臨泰山自古便是有志之士的一種情懷，泰山上留下了很多歷史名人的足跡，泰山上亦留存下了古代的許多植被，泰山峯巒之上的樹很多都是漢代種下的，『峯巒留漢樹』，以此可見泰山之古老。『練馬辨吴閶』一句則是巧寫泰山之高。寫泰山之高，最爲直接、最爲簡單的寫法，便是直言泰山海拔高度，但如此一來便會陷入窠臼，缺少新意，王庚則獨闢蹊徑，從臨眺之遠來言説泰山之高。『吴閶』，指的是春秋吴國西城門閶门。『練馬』，指的是白馬。《太平御覽》卷八百一十八引《韓詩外傳》云：

孔子、顔淵登魯東山，望吴昌門，淵曰：『見一匹練，前有生藍。』子曰：『白馬蘆芻也。』

《論衡·書虚篇》亦言：

《傳書》或言：顔淵與孔子俱上魯太山。孔子東南望，吴閶門外有繫白馬，引顔淵指以示之，曰：『若見吴昌門乎？』顔淵曰：『見之。』孔子曰：『門外何有？』曰：『有如繫練之狀。』孔子撫其目而正之，因與俱下。

孔子與顔淵登上泰山，往東南望，孔子極目遠眺，看到了吴國的西城門昌門，便問顔淵看到了什麼，顔淵回答説：『看到一匹白練，前面有一片生藍。』孔子撫摸了一下顔淵的眼睛，説：

『這哪裡是白練與生藍，這是一匹白馬和馬吃的蘆芻。』《論衡》認爲《韓詩外傳》的這則記載是虚假的，『蓋人目之所見，不過十里，過此不見，非所明察，遠也』『使顔淵處昌門之外，望太山之形，終不能見。況從太山之上，察白馬之色，色不能見，明矣。非顔淵不能見，孔子亦不能見也』。人的目力所及，不能超過百里之外，《韓詩外傳》的此則記載，有美化聖人的意圖，這一記載應當是失實的。王庚引用這一典故，極寫泰山之高，視野之闊，不僅没有失實的感覺，反而增添了一番趣味，更加凸顯出泰山的氣勢與威姿。

泰山之頂，雲霧繚繞，給人一種身在仙境的感覺，而升騰的雲霧，將蓬萊的三座仙山都籠罩住了，黄河水彎彎曲曲，都是黄色。一『黑』一『黄』，色彩對比明顯。後來霧氣越來越重，在雲霧籠罩之下，泰山究竟有多高，似乎都無法看清了，『誰言通帝座，搔首尚茫茫』。清代嘉慶三年（一七九八）泰安知府金棨在泰山一塊石頭上題下了『氣通帝座』，意思是説泰山的靈氣與帝座星相通，以此言説泰山之高峻。

王庚借此反問，言説在雲霧之下，泰山的高峻亦變得模糊飄渺了。

《岱宗臨眺》一詩，將泰山的高峻、靈秀傳神地描摹出來，很有氣勢，其師瞿子皋對此詩極爲讚賞，『予深嘉其眼界空闊，飄飄乎有凌雲氣』，尤其是『海氣三山黑，河流一線黄』兩句，寫出了泰山的磅礴之勢，寫出了王庚的壯志豪情。更有意思的是，這首詩似乎也是王庚命運的寫照，一語成讖。王庚胸懷磊落，器宇軒昂，有建功立業之志，也有博聞强識之才，但命運就是如此多變，一連當了數十年的諸生而始終没有建功立業的機會，這就如同高峻的泰山最終也被升騰的雲霧遮蓋住了氣勢。

王庚詩作中的景物，更多的是以閒適、平静的心情展現的。王庚身染目疾之後，在林間養病，秀美的風景成爲他日夜相伴的朋友，敏感的詩人也將山中幽静之景描摹出來。如《村居即景》言：

竹茂幽人里，山深處士居。一庭垂橘柚，滿岸燦芙蕖。孤鶴藏林密，閒雲出岫徐。客來欣命酒，久釣自多魚。

在深山的一片茂密的竹林中，居住著一位有才德而没有官位的士人，他的家里有滿園的橘柚樹，蓮花開滿了旁邊的河岸，飛鶴與他爲伴，飄浮的雲彩從山洞中徐徐出來。詩篇幾句話將閒雲野鶴之士的幽静生活勾勒出來，讓人嚮往，亦讓人感歎。不過此位居士不是與世隔絶之人，他亦有自己的好友。好友探訪之時，他倍感欣喜，連忙命人拿出好酒，與友人一邊釣魚，一邊痛快長飲，時間不知不覺過去了，魚兒自然釣得了很多。居士的友人，自然也是志同道合之人，他的居所亦是清幽之所，『家在蘇湖烟水西，茂林修竹壓檐低』。

能夠在山林之中安於寂寞的人，或者是厭倦了人世浮華，或者是本性疏散，或者是爲了修身養性，王庚顯然屬於後者，在遭遇命運之大厄後，在山林之中尋求心靈的安適，世間功名榮華已與他無關，他在一首《即景》詩中寫到：

茅屋藏林裏，漁船繫岸頭。雨多新製網，山近早縫裘。採藥尋仙侶，聽泉愛細流。一般清境在，不羡武陵遊。

詩人的生活簡樸：住在林間的茅屋裏，穿著裘衣，每日打打魚，採採藥，聽聽泉水流動的聲音，但是，詩人又自得其樂，他在林間茅屋過得清靜安閒，不會去羡慕四處遠遊之人，也不會去羡慕那些富貴人家，『一幅林巒吾意足，何須更貯買山錢』（《題山水小景》）。

正因爲此種心境，林間鄉村的四時變化，都會出現在他的詩作中，《春日晚興》《早春晴雪》《早春曉行》《春日即景》《暮春弔友》《春日宿漁家》《春曉野興》，共同譜寫了春日的歡快景象，又各具情態。初春『殘雪初消野逕斜，青青麥隴半抽芽』，殘雪慢慢融化，青青的麥芽開始抽芽，一切都是美好的開始。『寒雲退盡春風到，指日城南有杏花』，不幾日杏花就會開滿枝頭。春風吹拂，桃花開了，『滿村紅杏酒初醇』，柳絮飛了，『暖入池塘柳絮輕』。《夏熱》《夏晚》《夏日道中》《夏日村居雜咏》，將夏天的炎熱與雨後的涼爽分别呈現，『日夕山光赤，塵飛馬汗紅』，傍晚時分山峯依然籠罩在赤色當中，塵土飛揚，天氣乾旱，馬兒流出的汗水似乎都是紅色的。『雨歇園林暑力微，松篁滴露冷霏霏』，酣暢淋漓的大雨之後，嚴熱有所緩解，松竹滴下的雨滴讓人不禁再生涼意。《秋雨》、《秋柳詞》十二首、《秋日郙居雜興》十首、《新秋》、《秋圃》、《秋日客中晚景》、《秋江垂釣》、《秋雨午晴》，是寫秋天的景象。秋風一到，暑氣消散，『秋氣催殘暑，晨光覺倍清』，白露開始出現，桂花散發出芳香，『山曉桂花明』『白露垂深岸』，在這個季節中，人們有著勞作的繁忙：『空谷人踪少，秋田穡事忙』，亦有著收穫的喜悦：『滿庭白露黃垂橘』『荻蘆花滿雁南飛，露冷蓮塘蟹正肥。香稻告成新釀酒，秋林紅葉醉人歸』，黃橘掛滿枝頭，螃蟹肥美，稻米歸倉，美酒釀成，滿目的紅葉讓人欣欣欲醉。然而，漸涼的秋風亦帶來了蕭瑟的氣息，『江干粱稻穫初空，水氣侵村冷漸通』，讓人心生蒼涼。這種蒼涼，在冬天濃霜重露、冷風寒雪的環繞之下，更加濃重。茅屋是冷的，『茅屋帶霜華』，瓦沿是冷的，『雀聲驚瓦冷』，唯有挺拔的松柏，在寒冷的冬季綻放出生命的力量，『松色静山寒』，終於帶來了春的希望，『春近飛葭易』。這便是《初冬村曉》與《冬日即景》傳遞出來的信息、描繪的圖景。在王庚的詩作中，四季的變化在歷時性轉移中層層推進，林間鄉村的風景亦隨之如詩如畫，透露出一種真實基礎上的情境之美。

二 詠物詩

王庚的詩作中，有幾首詩是典型的詠物詩，如《盆石》《盆松》《盆魚》《詠蟬》《孤鶴》《竹花》《圃松》等。王庚的詠物詩，是比較典型的托物言志之作，『體物肖形，傳神寫意』，物即王庚的自

我寫照,『以我觀物,故物皆著我之色』。《詠蟬》寫道:

莫謂泥塗困,飛昇自有時。三秋藏下土,一旦附高枝。出地風雷助,朝天雨露滋。和聲人共羡,廉静倩誰知。

詠蟬是中國古代詩歌王國中比較常見的題材,其内容大體有以下幾種:一是借蟬隱喻自己志向遠大,一是借蟬隱喻自己本性高潔,一是隱喻蟬是卑鄙無能之輩,一是言説蟬爲趨炎附勢之徒。王庚的詠蟬并没有脱離這一路子,用蟬的蜕變過程來比喻一飛沖天之志。蟬的幼蟲生活在土中,經過三年土中的漫長等待,終於等到破土而出的時候,一飛至高高的樹枝之上。感受著風雷雨露的助力與滋潤,鳴叫的聲音引得他人羨慕,但是它的廉静又有誰知道呢?此詩之中,蟬亦是清潔之代表,經過一番努力之後,終於飛向高枝,恣意鳴叫,這又何嘗不是王庚的理想呢?

《盆石》《盆松》《盆魚》三首連在一起,當是對家中三個物件的描摹,但是,應當不是同一時期的作品。盆石是一塊如同拳頭大的石頭,小巧玲瓏,幽美秀丽,存于清澈的水中。一塊小小的石頭,很不起眼,但是它與煙霞爲兄弟,它與書屋里的典籍一起共同評閲古今世事,總有一天它會成爲超脱塵世之人的案頭之物。此詩或許作於王庚早年,即尚有建國立業之志時。《盆魚》的寫作時間與《盆石》的時間大體相同,小小的金魚在院庭的一盆水中優游活動,自有一己之乾坤。在此大後方支持之下,世人相信金魚自能跳過龍門,高飛沖天。《盆松》的寫作時間或許最晚，盆松長在詩人庭院中，與詩人相伴多年，此松樹當是被人遺棄的，詩人用寸土將之培植，樹根盤繞很長時間也没長多高。但是，詩人在詩末以勸説盆松的語氣説道：不要歎息居住在這一小小的磁盆中，在磁盆中隱居，能夠保全你的生命。

王庚的詠物詩，有著明顯的個性色彩，與他的生命體驗、思想變遷聯繫在一起。

三　交遊詩

王庚時運不濟，落拓不得志，但是，讓他倍感欣慰的是他有許多師友，他們或者有著共同的志向，或者相互欣賞，或者提攜王庚，或者支持王庚。正是因爲有他們，王庚在遭遇人生大厄之時，才能夠有些許的安慰，也從中獲得了更大的生活勇氣。對於師友的情誼，王庚在詩篇中不吝其辭，反復言説，與師友有不少文字上的互動。

『有朋自遠方來，不亦樂乎』，無論是客人來訪，還是王庚探訪友人，他以詩篇記載下來的，都是倍爲珍惜的關係，有時與友人見過之後，王庚心中五味雜陳，他久久不能入睡，『秋至難成寐，挑燈獨下牀』（《秋夜與故人共臥不寐》）。更多時候，王庚與友人相談甚歡，話語不知不覺多了起來，『梁園高士夜聯床，燈火西齋話最長』（《與賈海房話舊》）。時間也在不知不覺間過去，一轉眼已到半夜時分，『鼠雀紛紛各自争，談心不覺又三更』（《郡中與陳魯璠夜話》）。有時甚至會徹夜長談，把酒夜話，《冬日客中與陳畱王冰鑑先生夜話》所言即是如此。

王庚的交遊詩，言説師友之間的情誼，大體而言，其情感主要有三種：

一是感謝，感謝師友的盛情美意。《謝蘇松園先生畱飲見惠》言：

昨造先生盧，先生正梳頭。我聞欲不入，批髮趨出畱。感君慇懃意，攜手共登樓。樓居深林裹，清輝照户幽。壁滿滄州畫，茗烹碧玉甌。少頃羅山肴，醪香繞座浮。一杯有餘歡，三杯盡解愁。五杯十杯後，歡娱語漸稠。十觴累一舉，虹氣逼觥籌。談心傾肝膽，看劍觸壯猷。話到極深處，慷慨涕泗流。豈曰豪俠交，總因意氣投。臨别何綣戀，餽贈厚且優。貽我海獺皮，光我敝貂裘。佩服君子德，感嘆烏可酬。至今青林夜，幾度傍君遊。

王庚到蘇松園先生家拜訪，蘇松園先生當時正在梳頭，王庚聽聞之後，就想著改日再去，没想到蘇松園先生披散著頭髮跑出來挽留他。盛情難卻之下，王庚留了下來，與先生一起攜手登樓。之後，先生以茗茶、山肴、美酒招待王庚，二人意氣相投，一举十觴，十觴不醉，唯見情誼流淌，話到慷慨處涕泗并流。人生得一知己，夫復何求！況且王庚離别之時，先生又餽贈給他豐厚的物品，用嶄新的海獺皮替换下王庚的破舊貂裘，此番深情厚誼又怎能忘懷？諸多師友的情義，讓王庚異常感歎，『事到險危知義氣，人臨患難見交情』（《郡中與陳魯璠夜話》），患難時的真情更加珍貴。

二是讚美，讚美師友的美德懿行。《留别瑯琊黄石夢先生見過》描繪了一個器宇非常、志行高潔、精于韜略、愛好詩歌、劍術超羣、筆力虬勁、慷慨多義的黄石夢先生。

三是感歎，感歎物是人非。友人相聚，是人生一大樂事，然友人陰陽相隔，則會令人神傷。《訪故人感舊》就對物是人非的變化感慨非常，曾經一起談古論今、言志抒情的友人，轉眼已經離去三年；昔日的歡聚場景，似乎還在眼前，如今卻已少缺幾人。親近友人的離去，更容易讓人對人生有新的認識，此時的詩人在物是人非的故地，生發出的是及時行樂的想法，既然無法左右命運的安排，那就只能改變自己的做法。

與友人交往的過程中，王庚經常會有所感而贈給對方詩作。王庚詩集的刊刻，得到了師友的鼎力支持，亦有師友慨然爲其詩集作序，對此推揚、褒獎之功，王庚亦作詩予以感謝，《謝項城高芝崖爲作〈寄圃詩草初集序〉》就是代表。師友有佳事，王庚亦會以詩相贈，表達他誠摯的祝賀。王庚好友趙石臺鄉試考中，第二年要北上省城參加會試，王庚寫就一首六百四十四字的長詩，爲趙石臺送行，名曰《仙客行》，將趙石臺喻作仙人，遊歷蟾宫仙境，『颯颯天風爲君起，風起雲湧不見君，但知君在風雲裏，一聲呼臚三千里』，隨風雲騰起，呼聲傳遍四方，以此寄予他對趙石臺的讚美與期盼。

四 詠懷詩

王庚的詠懷詩，一是因具體事件而起，如《癸巳謁先祠感懷》《賈魯河感懷》《乙未感懷寄示子驤衢、雲衢遊柘城》《秋日病目遣懷》等；一是偶然起興而就，如《夜雨感懷》《癸巳晚秋感懷》《秋夜感懷》《秋夜夢醒感懷》《甲午九日獨酌遣懷》等。其所詠歎的情懷包括：

（一）對建功立業的渴望。王庚少負奇才，心中慨然有報國志，《古少年行》中的『少年』就是其報國的心理投射。燕中豪士少年之時，『十二讀經史，陳書得異傳。十四投筆起，壯志何凛然。十五入山學擊劍，二十請纓臨征戰』，少年學得一身本領，主動投身軍營，南下賀蘭山，萬里出漢關，怒馬當頭，一舉殺死敵軍首領，從而大軍凱歌而還。但是，戰功成就了主帥，不僅被封爲萬户侯，子孫承襲其爵位，而且青史留名。陣前流血流汗的少年則被忽略了，『皓首歸來無舊業，烟波江上理漁舟』，多年征戰，青絲變白髮，換得的卻是無所事事的退伍，『壯懷滿抱無人説』，即便是有一腔報國志也無處訴説，無處展現。

正如《古少年行》所説『暇日置酒忽心熱』，即便是對命運不順有所慨歎，但是其報國之心時時會有湧現，《庚寅寄葉柳搗先生李》亦言：

天地生才定有緣，思君底事已衰年。英英欲振心猶在，嶽嶽懷方志尚懸。不信商山終皓首，曾聞渭水駐高賢。奈何詩酒垂垂老，一任五陵先著鞭。

商山四皓隱居多年，在白髮蒼蒼的年紀出山輔佐漢惠帝；姜太公吕尚半生微寒落拓，七十歲之後才在渭水河畔遇到周文王，從此飛黄騰達，成爲一代能臣。以此可見王庚報國心還在，懷方志猶存，但是畢竟年紀已大，只能先看著别人成就功業。

（二）對身世坎坷的哀歎。王庚一生之中，『不遇』與『目疾』是不可迴避的兩大話題，這兩大話題在他的詩作中也被著力表現，以此宣洩内心的鬱悶與悲憤。《秋日病目遣懷》十九首七律詩排列而下，抒發身染目疾之後的哀傷，其中第一首有言：

掃地焚香念夙因，秋聲擾擾劇傷神。西河有恨空搔首，南海無情莫濟人。半世功名知自誤，一生慷慨向誰陳。登山欲向青天説，底事偏殃左素臣。

王庚將自己比作古代良史左丘明，身染目疾的痛苦，讓他搔首傷神，滿腹哀傷、幽怨只能向青天哀歎。

人生不圓滿，人生有遺憾，在秋風、秋雨的吹拂襲擊之下，不圓滿、遺憾的程度似乎都增加了，於是，王庚在秋夜，在秋雨聲中留下了一串串哀歎之詞。《夜雨感懷》仿照陳子昂詩，寫得簡練而深長。

憶昔日之山川，感今夜之風雨。撫身世之茫茫，獨抑鬱而誰語。

在風雨之夜，憶起舊日壯懷激烈，再看今日命運之變化，不由地抑鬱起來，但是此情此景又無人訴説，那是怎樣的一種悲涼！

（三）對家族、家庭的重視。王庚的家族觀念極强，他在《襄山祭先詞》一詩的小註中對家族的來源、變遷，家族有名望之人，一一道來，其對家族曾經榮耀一時的自豪感、對家族子孫昌盛的期盼之情，溢於言表；其對家族衰微的哀傷、對子孫們的殷切期盼，『誰憶樓臺思結搆，忍教門第暗消磨。雙眸轉幸今朝廢，不向秋風嘆黍禾』（《癸巳謁先祠感懷》），亦讓人動情不已。

家族觀念强的王庚，對於父母、兄弟、子女、妻妾極爲重視，努力營造和睦温馨的家庭環境。他恪盡孝道，自覺奉養父母，當初瞿子皋介紹他到任公家爲西賓，王庚就是因爲要照顧父母而拒絶了。這種情感在《遠遊歎》中體現得很明顯：

古人一日養，不以三公易。今人經歲别，風塵爲末吏。甚至升斗營，爲之畱異地。淹淹西山景，念我勞夢寐。關塞一日遊，庭幃一日棄。焉知堂上年，一往難復至。白楊悲風來，蕭蕭炎涼異。念此熱中腸，勳業皆虛器。況乃昔所求，蝸名蠅頭利。所得不償失，辜負明發志。寄語遠遊人，當思老萊意。

有些人爲了一點蠅頭小利，離開父母，遠赴他鄉，絲毫不考慮父母的感受，其實，有好多人一旦離開就再也没有與父母再見的機會，爲了這些虛器、虛名而抛卻了奉養父母的責任，丢掉了與父母共處的最後時光，實在是得不償失之舉。對於這些遠遊人，王庚寄言，希望他們能想想古人曾經爲了奉養父母一日而放棄三公的職位，希望他們能夠時時思索一下老萊子戲彩娱親的心思。王庚不反對建功立業，但是在孝道與功名二者不能兼得的情況下，王庚會自覺地選擇前者。

王庚爲子盡孝，爲父則是父愛滿滿。其子驤衢、雲衢多次去往柘城、潁陽、睢陽、大梁遊學，每當父子離别之時，王庚總是愁緒縈頭，依依不捨，『問汝今夕是何夕，使我中夜不安席』。離别之後，收到兒子的家書，是對他最大的安慰，《九日郡中得驤衢書》即屬此。離愁别緒惹人淚下，但是，王庚期盼兒子們能夠學有所成，揚名立世，所以他多次囑託兒子安心讀書，切勿爲家計煩心，家中一切有他，『慎無憂内顧，家計有衰翁』（《丙申送子雲衢之睢陽就驤衢客館》）。

兄弟是大家庭的主要支撑，他們之間亦應相互支持，唯有如此，家族才能團結興旺。因此，王庚教育大兒子驤衢要多加教導弟弟雲衢，《癸巳示子驤衢教幼弟雲衢》即屬此。

（四）對現實社會的關注。王庚雖然詩作中有許多個體命運的投射，但是其詩作没有脱離現實，對於現實生活中的不合理現象，他也會有所批評。

《古少年行》中燕中少年的遭遇，既有王庚的影子，又有很廣泛的社會基礎，多少從軍之人戰死沙場，而僥倖未死的普通士兵，其命運也不見得好到哪裏去，以此可見軍中上層的貪婪與殘忍。

再如《飛蝗行》一詩，以極爲細膩的筆法寫了蝗蟲成災的情况，如同風雨驟起，『十有七日天將明，夢裏忽聞風雨聲。村村傳呼蝗蟲至，洪濤萬頃東南行』；又如同黄沙一般，『暗暗烟瘴田園變，漫漫黄沙溝澮盈』；蝗蟲還如同軍隊行進一般，『又如大將驅精兵，數萬鐵騎下邊庭。出其不意密軍情，疾走銜枚暗劫營。不聞號令不聞鉦，但聞人馬戟矛悄悄鳴』。用形象化的語言描繪出了蝗蟲之多，行進之快。這樣嚴重的蝗災持續時間很長，造成的災害可想而知，『一連十日飛不盡，去去留留邛隴平』，田地裏所有的莊稼都被吃掉了。對於老百姓來説，莊稼就是天，莊稼就是地，面對著田地裏被蝗蟲吃剩下的殘穢，老百姓除了痛哭，只能忍痛將這些殘穢舂一下以充飢。但是，百姓的疾苦，爲官者根本不曾體會，他們眼中看到的只有錢，只有租子，『催租詞色嗟何厲，搜盡升斗忍换錢。得錢即輸山城吏，滿屋女兒皆垂涕』。面對兇惡的催租官員，老百姓只能將家中僅有的糧食换成錢交上去，家中的兒女只能忍饑挨餓，滿臉淚花。其實，官府催租之惡又何異於蝗蟲之災呢？

與此相應，百姓關心他人的義舉，王庚也會傾盡筆力大加讚賞。周口鎮有一位名叫李燦斗的人，他的一位故友死去之後，家中甚是貧窮，但他的兒子仍然勤學不怠。後來，故友的兒子到李燦斗處拜訪，李燦斗對這個孩子甚是憐憫，便贈送給孩子一些錢財，并囑咐他千萬不要因爲家計而耽誤了學業，有困難就去找他。王庚得知此事之後，對李燦斗極爲佩服，一來『予感李君友誼之誠篤於生死』，感於友誼之堅，生死不破；二來『又餽贈豐儉得宜，俾曲就成立』，既能給予故友幼子相應的幫助，又不會讓他喪失自信心與上進心。因此，王庚便作了一首《美周詞》，讚美李燦斗周濟故友幼子之義舉。

除了寫景、詠物、詠懷之外，王庚詩集還有一些其他内容，比如悼念死去親人師友的，比如詠歎歷史的，等等，不再一一説明。

王庚詩作寫就之後，在當時即已産生了極大影響，友人、學者對其評價甚高，總體而言，主要有以下幾點：

第一，學古而不泥古：

取古人而擬議之，無一體結構蹈前人故轍，無一語義旨落迂儒腐詞，七律七古尤啓後學無限法門，卓卓乎自成一家别樹一幟也。（王椮語）

其爲詩清而腴，質而秀，不規撫古，以自寫其性情，而激昂慷慨之氣，騷楚悲戚之音，亦時時濫楮墨之間。（毛樹棠語）

第二，言之有物，關注現實：

至感發懲創處，又能令讀者流連慨嘆於不自知，擊節贊賞於不容已。蓋關世裨民有若是之苦心也，又何怪諸友之極力請梓且捐金以助刊哉？（王椮語）

是所謂有關世教之文字歟！夫風雲月露之詞，雖連篇累牘，祇以寄吾興而適吾情，其於世道人心何補乎？此作情詞凱切，至性動人，恨不令天下慷慨士頃見此詩，爲之同聲一贊。又恨不令天下單寒友頃見此詩，爲之同聲一歎也。會須先將此詩刻刷一紙，徧示同人，庶不負作者苦心。（葉廬峯語）

清代中期是中國學術發展的一個高峯期，乾嘉學派以實事求是的態度，在文獻考據方面做出了前無古人後無來者的成就，但是，在這一時代風尚的影響之下，乾嘉時期的詩歌創作開啟了清代詩歌擬古主義、形式主義的詩風，文人躲在故紙堆中，一味堆砌辭藻，脱離現實。乾隆初年杭世駿曾説過：『自吾來京都，遍交賢豪長者，得以縱覽天下之士。大都絺章繪句，順以取寵者，趾相錯矣。其肯措意於當世之務，從容而度康濟之略者，蓋百不得一焉。』（《道古堂文集》卷十五《送江岷山知晉州序》）王庚出生在乾隆四十八年（一七八三），五十多年的人生歷程中，擬古主義、形式主義之風正盛，難能可貴的是，王庚能夠跳脱這一詩壇風尚，學習古人而自成一體，既能抒寫自己的一己情感，又能關注現實。所以，王庚的詩作在那個『比邑之文，大率務高華而少沉實』的情況下，顯得尤爲珍貴，被稱爲佳作。

王庚的詩作有學習古人的成分，古代詩人的創作實踐成爲王庚寫詩的重要財富，他對《詩經》、唐詩、宋詩都有借鑒，其中，尤以杜甫、李白爲重。王庚的詩歌，從整體風格來看，律詩比較接近杜甫的風格，歌行比較接近李白的風格。王庚在詩作中多次提到杜甫，多次援引、化用杜甫的詩句，《贈麗霞峯》言『胸襟落落絶塵埃，杜老蓬門爲底開』，這説的是杜甫《客至》一詩所提的『花徑不曾緣客掃，蓬門今始爲君開』；《謝蘇松園先生瞐飲見惠》所言『十觴累一舉』，則源自杜甫的《贈衛八處士》『主稱會面難，一舉累十觴。十觴亦不醉，感子故意長』，其情感内涵也較爲一致，都是友人相聚的歡飲暢談。另外，王庚亦有模擬杜詩之作，如《岱宗臨眺》一詩，與杜甫的《望嶽》很接近，都寫出了泰山的雄偉與高峻，在具體寫法上都以距離之遠烘托出泰山之高，但杜甫藉助登泰山抒發的是不怕困難、俯視一切的雄心和氣概，寫出了自己的壯志豪情，而王庚抒發的則是茫然無措之感。王庚對李白的學習與借鑒，主要表現在個性自我的書寫上，個性色彩很明顯，詩作中的王庚亦是豪氣十足，然亦有落拓鬱悶之氣，此種情感表現在詩作上主要是以一氣呵成的歌行體出現。如《仙客行》：

羣山萬壑環天水，天水林巒稱絶美。鐘靈毓秀幾千年，豪儁登仙看纍纍。淮陽有客號石臺，派分天水稱仙才。何年煉得羅仙妙，凌空飛向月中來。月中歷盡極深處，望舒促客聯跬步。云是天仙座上賓，道經蟾宫難久駐。嫦娥爲啓清虚扉，勅令傳呼鶩雲霧。鎖鬭仙關出廣寒，訇然中開青雲路。仙客奮袂登青雲，寒氣憑凌兩腋分。手援天馬空中起，足躡鴻毛月下貢。毛豐馬健雲途迅，瞬息長空天雞聞。天雞寥呼割昏曉，雲氣赤騰海日昕。雲氣漸赤星漸邇，頡雲憑虛探氤氳。斗極光燦疑不遠，茫茫何處衆仙羣。但上層霄莫天問，排空馭氣精神振。白虎蒼龍近可捫，帝車河鼓聲遥震。忽入大陰星漢回，雲垂海立迷難進。當是時雲間飄渺意如醺，茫乎若昧衝雲陣。儔度仙客朝帝閽，天仙玉女爲默運。天仙默運金蛇飛，神境欲現列缺奮。列缺霹靂落彩虹，豁然開朗天門近。城郭壯麗羣仙都，日月光華輝神郡。晶宫寶殿聳崔巍，金闕瓊樓何崇峻。巍巍峻峻歸青冥，烏飛不到虹千仞。踏盡長虹上紫宸，閶闔洞開隱重閣。重閣深處紅雲起，紅雲起處望天尊。天尊可望不可即，隱隱通明真宰存。霞珮雲冠何燦爛，霓裳羽衣氣渾淪。賁霳鸞虎天威赫，華蓋鈴旄仙杖陳。仙鐘仙磬傳仙蹕，仙部仙曹列仙門。千變萬化神仙府，使人覩之動魄魂。異彩奇情嗟何有，仙客逡巡凝神久。凝神逡巡不敢前，彼仙人兮爲握手。仙之人兮列如麻，雲之君兮雲生肘。雲霞亂兮仙隊移，仙幢飄兮雲霞走。雲霞開兮仙班分，雲霞合兮入星斗。天孫爲進雲錦裳，仙筵爲奉瓊漿酒。紛紛簇擁仙客來，仙客忽作羣仙首。於戲高哉！羣仙高會舞僊僊，仙客舉觴思綿綿。綿綿不忘疇昔路，含情蓄意衆仙前。分星抉漢成高會，呼吸之氣已臨天。不知呼吸能通處，可許一一問塵緣。徘徊獨立千尋表，廻頭下視意茫然。廻頭下視茫無底，颯颯天風爲君起，風起雲湧不見君，但知君在風雲裏，一聲呼臚三千里。

此詩作於道光辛卯年（一八三一），是王庚送其友人北上參加禮部會試的詩歌。此詩有明確的現實所指，卻寫得虚無縹緲、大氣磅礴，讀之令人自然想到李白的《夢遊天姥吟留别》這類的詩歌，不論内容，抑或風格，均有近似之處。王庚其他的歌行體詩歌，大致與此類似，明顯有學習李白詩歌的影子。

此次《王庚集》的整理，以同治十三年秋開雕的王氏家刻本爲底本，此本收入《清代詩文集彙編》第五四二册，包括《寄圃詩草初集》與《寄圃詩草次集》兩部分。據《初集》王庚《自序》云：『余始不敢固藏其拙以負諸君，乃揀篋中舊日所作古今雜體爲當時士大夫所謬相賞識者若干首，編次以付剞劂，惟冀二三同心友不棄葑菲，俯加筆削，俾人人各凜庸醫之戒，時時共慎調攝之方，是則余之所厚望者也。』又，《次集》王庚弟王椮《序》云，其囑咐王庚子王驤衢：『除前已刻外詩若干首彙鈔成帙，珍而藏之，以俟質諸當代，付諸梓人，庶不没汝父半生心血也。』由此可知，《初集》是王庚生前本人親自編次并由友人出資刊刻的。然《清代詩文集彙編》中所收《初集》明確標爲同治十三年秋開雕，署『淮陽王庚華金著，男驤衢、雲衢編次，同懷弟椮蔚亭訂』，則王庚去世之後，其子或許又對其父生前已經編次刊刻部分進行過編次。《次集》由王庚二子王驤衢、王雲衢編次，王庚的同懷弟王椮審訂，則無疑問。

此次標點整理，按照此套叢書的統一要求，定名爲《王庚集》，内容仍以《初集》《次集》爲序，不作更動。因爲刊刻及影印等多種因素，有極個别的字漫漶不清，難以識辨，且無其他版本輔助校訂，故以『□』標識，并以註釋形式説明『或爲某』『似爲某』，不强加斷定。

由於本人視野與學識所限，對於《王庚集》的整理以及王庚詩歌的認識，難免有粗略不足之處，敬請讀者指正。

目録

寄圃詩草初集

寄圃詩草初集卷一

寄圃詩草初集卷二

寄圃詩草次集

寄圃詩草次集卷一

寄圃詩草次集卷二

寄圃詩草初集

序

歲壬午，承乏陳守，發題觀風，比邑之文，大率務高華而少沉實。予多方獎勵，頗不憚煩，近年來文氣蒸蒸有日上機矣，而於詩賦詞歌及諸古體，凡詞林所當行，和聲以鳴。

國家之盛者，猶未概見佳搆。惟淮甯諸生王子寄圃本家學淵源，現父子兄弟叔姪皆陳郡一時知名士。嘗課《岱宗臨眺》詩，有『海氣三山黑，河流一線黄』之句，予深嘉其眼界空闊，飄飄乎有凌雲氣，但未熟悉其人，以觀其淺深。未幾，寄圃以公事來署，與之語，果爾胸懷磊落，器宇軒昂，顧盼之頃，偉如也。方厚期其遠到，因薦爲同城都閫任公西賓，俾得近課獎以資其學，寄圃以他事辭不就。予益重之。乙酉鄉試，曉前諸生以闈稿呈閱，予决其必售者，首則寄圃，次則趙生青選。及曉，二子皆不第。余笑曰：『非予之無識，二子功名各有其時，後自知耳。』雖寄語慰勉，而至今猶代爲惋惜，然切知其必不以諸生終其身。無何，聞寄圃目疾甚劇，心竊憂之。蓋予嘗病目數載，而深知其難療也。會沈邑張廣文詣郡，語及之，言沈有良醫，亟爲薦之。又屢覓良方，寄其家，迄今皆未克濟焉。又數月，其子驤衢亦予之門下士，因課來謁，袖出其父病目《感懷》《惜花詞》諸詩數十首，求予批跋，以慰其親。且具道抑鬱無聊狀，言辭之間，未免憂形於色。及閱其詩，雖語涉牢騷，而一種豪情，落落有令人不忍釋手者。況詩中之意，切切以庸醫爲諷刺，是亦可謂有關世教之文字者歟！夫人而不知庸醫之悞，其何以爲事上育下、窮理盡性之學也哉！余既感驤衢之孝，又憐寄圃之才，於是重其詩，憫其疾，殷然而爲之語。寄圃見之，或因是以豁其心，厥疾其有瘳乎？勉之！勉之！調攝在己，勿積鬱以喪厥志，勿苦吟以耗其心。懲忿窒慾，則心地常常空明，塵障自然潛消，異日者病痊得志，將舉是詩而付之梓人，即舉是語而冠之簡端，俾我輩羣切庸醫之戒，謹保全之術，是皆予之所厚望也夫。

道光九年庚寅二月上澣，誥授中憲大夫、河南陳州府知府、前刑部陝西司郎中、詹事府右春坊右庶子，通家生北平瞿昂子臯氏書於淮陽郡署之清思堂。

序

余同懷兄弟四人。寄圃，余仲兄也，幼而沉毅，美丰姿，眉目朗然如刻劃。七歲入小學，誦書日千言。九歲能囑對，愛詩歌，始作七言二韻詩，動静語默間，恢豁有遠志。十一作帖括，命《二省吾身》題，甫課即成篇，且結構浩瀚，意思深長，塾師大奇之。是年出應童子試，郡伯陳公聞其名，嚴覆之，試《秋溪獨釣》《卧治堂懷古》諸題，仲兄作七古及雜體十數首，公嘉其才，屢列前矛，又多餽賜，以示獎勵，一時有『神童』之目。十五出就外傅，兼習騎射，拈弓三日，發矢輒中鵠，旋捨之。先是，有相者相仲兄曰：『君有文在手，自腕際起，直如準繩，徑數寸，冲入中指，末横文。此文名玉柱，當以武功顯，况君體魁梧奇偉，膂力絶人，可習騎射，以應其相。』至是塾館東家子有習騎射者，遂附而學焉。後數月，嚴慈聞而禁之，學遂止。年十八，補博士弟子，旋擢邑增廣。自是家道中落，爲東西南北遊，賴舘金以奉菽水，雖學益篤，而出入名場屢不得志於有司。北平瞿子臯夫子簡命守陳，閲其詩文，深異之，列爲門墻，旋薦爲都閫任公營署西席，俾得近課獎，以資其學。仲兄以親老辭不就。四十七遊商西間，疫癘，後忽得目疾，歸爲庸醫所誤，遂至朦廢。嗚呼！天使之耶？人使之耶？家運不昌而門第將衰使之耶？孰綱維是？孰主宰是？孰爲醫者而貽誤至於是？仲兄既患目，居常鬱鬱，每有所感，輒慷慨悲歌，淋漓陳詞，發爲長短之謳吟。左右之人迭相勸勉，仲兄乃喟然曰：『大丈夫自有悲憤，非爾等之所知也！』既而氣稍平，驤衢輩乃敢徐請其頃所爲詩疾書而登記之，爾來八年於兹矣。爲時既久，紙墨遂多，檢點案頭已十數卷焉。槮與驤衢輩每一披讀，至激昂慷慨處，未嘗不涕泗交横，碎唾壺而扼腕太息，廢書長嘆者也。夫立言之重，鼎於功德，我不敢知曰『仲兄之詩必傳于後世而無愧也』，第即其詩，反復而潛玩之，取古人而擬議之，無一體結構蹈前人故轍，無一語義旨落迂儒腐詞，七律、七古尤啓後學無限法門，卓卓乎自成一家别樹一幟也。至感發懲創處，又能令讀者流連慨嘆於不自知，擊節贊賞於不容已。蓋關世裨民有若是之苦心也，又何怪諸友之極力請梓且捐金以助刊哉！向使聽信相者之言，早棄經書，終練弓馬，縱名馳虎觀，而躬際世運昇平，國家無事之秋，將於何處見其武功，又復有此等文字以昭示來許乎？所謂不幸之幸者此也。雖然更有説焉。嘗見鄉黨之患目致廢者，不一而足，苟得其養，或數月而復明，數年而復明，十數年而復明者，所在皆有，安知將來不能遇伊人起其恙，以發其光乎？是在仲兄之善養也，抑亦驤衢輩之責也。

道光丙申中和節，弟槮謹敘於襄山客舍。

自序

余今年五十四歲，屈指目患已八年矣。養疾空林，苦無聊賴，日惟飯後一出，出則坐卧草廳，問僕輩山田當耕者耕否？圃中蔬菜當種者種否？兒童報有客至，則仍轉入內室，恐慢客也。晚詣密林書屋，課兒輩夜讀。此外胸中幾若止水，向來飛動，寂寞吴鉤。雖素耽詩歌，而叨承子皐師苦吟耗心之戒，久不肯輕撰新句以勞神氣，洗心滌慮，欲静息以自養耳。所最難遣者，春秋佳日，偶與故人讌集，或與子弟講論，每至古人忠義偉烈及近今有立功邊疆者，輒崛然奮興，觸手爲題，風發泉湧，沛乎莫禦，忽不知汩汩然慷慨而放厥詞。蓋由目累，中年悼一籌莫展也，此時坐客聽吾詩者，或至隕涕。驤衢輩環立默識，恒疾書以記之，累日成月，累月成歲，遂至稿紙層叠，積滿案頭。客有見者，咸請全集付梓以相勉慰。余曰：『德位之人，可以言詩。若僕者病廢潦倒之餘，詎復以嗟嘆歌行妄災梨棗貽笑大方乎？諸君高誼未敢領也。』歲丙申，有襄山之遊，諸友之請梓者益力，且各出資斧以助刊焉。余始不敢固藏其拙以負諸君，乃揀篋中舊日所作古今雜體爲當時士大夫所謬相賞識者若干首，編次以付剞劂，惟冀二三同心友不棄葑菲，俯加筆削，俾人人各凜庸醫之戒，時時共慎調攝之方，是則余之所厚望者也。夫智名勇功與一切富貴利達，人生世上自有一定位置，不容半點假借，半點倖邀，但能平平淡淡，全受全歸，則廊廟也可，山林也可，即混跡風塵無榮無辱也，亦何不可哉！因念余昔時壯心勃鬱，不揣薄才，妄自期許，嘗欲搆數萬樹，長林於陳郡之東野，林四面週圍園圃，林深處闢地築廬，雜植桃李，盛栽松竹，聳怪石於亭畔，種奇花於階除。練武功則秋冬射獵，游文苑則春夏詩書。燕趙豪傑之士足以資琢磨，園林池沼之利足以供饘粥。用以養器識而待風雲，裕經濟而報國家。區區之心期若是也，乃弗知運數，罔察時命，始誤於太白『生材必用』之説，既謬於『人定勝天』『有志竟成』之論。謂生縱不偶，而志之所結，終當少就。否則器望晚成，失之東隅，亦可收之桑榆。究之浮沉人海，徒奮蝸角，邇來三十有餘年矣。向之所志，迄無成就，又復抱昔時飛箭今日垂楊之痛。當斯時也，怨望牢騷，方竊怪天何故生之？生之何故阨之？阨之何故而又重阨之，以至於此耶？手無仙杖，華峯難登，身非列子，搔首莫問，苟非詩歌自娱，而前不見古人，後不見來者，念天地之悠悠，將於何處而愴然下泣，稍吐其激昂慷慨於萬一乎？此每有所感而集中諸詩所由作也。然則余之詩也，匪得已也，無聊之已甚也，迷途之未返也。豈一事無成之餘，猶欲以舞文弄墨，塞此生建白之責哉！識者當有以諒我矣。

近年來，閱歷漸深，磊塊漸平，詩癖漸消，理境漸精，心地間彷彿若有所見，又得石夢山人所指教，然後知『生材必用』者，狂狷豪放之氣也。『人定勝天』『有志竟成』者，聖賢自强之學也，亦若是則已矣。至成敗利鈍、顯晦通塞則無古無今、無貴無賤、無聖無狂無不肖，一聽於悠悠之數而無可如何。蓋天理之天，不能奪天數之天也，尚何言哉！尚何言哉！雖然此等迷悟關頭，古今來不知斷喪幾許英雄，貽誤幾許豪傑，尤願普天下失意才人，於無可如何之日見吾詩而豁然夢覺，恍然開悟，其浮三大白，仰對山月一聲長嘯，令萬化之皆空乎！天□〔一〕北堂之責，隨其所分，以心報之。事功之効，姑俟異日。異日不能，俟之子孫，未可强，勿自苦也。

道光丙申穀雨前一日，寄圃王庚自題於襄山客舍。

【校記】

〔一〕此字漫漶難識，似爲『闕』字。

寄圃詩草初集卷一

岱宗臨眺

磴道盤東嶽，登臨入上方。峯巒留漢樹，練馬辨吴閶。海氣三山黑，河流一綫黄。誰言通帝座，搔首尚茫茫。

遠遊歎

古人一日養，不以三公易。今人經歲别，風塵爲末吏。甚至升斗營，爲之留異地。淹淹西山景，念我勞夢寐。關塞一日遊，庭幃一日棄。焉知堂上年，一往難復至。白楊悲風來，蕭蕭炎凉異。念此熱中腸，勳業皆虚器。况乃昔所求，蝸名蠅頭利。所得不償失，辜負明發志。寄語遠遊人，當思老萊意。

客中久雨

那堪今夜雨，野水又盈盈。桂玉鄉心切，歸舟人夢輕。

江舍

曲徑通田舍，深蘆接岸沙。秋天常雨霧，江市半魚蝦。酒煮風林葉，爐烹雪水茶。應畱十日醉，何事更天涯。

野興

宿雨初晴後，沙行半醉餘。桃花紅滿岸，溪漲緑平渠。山峻攀援絶，雲深步履徐。豁然開朗處，遥見□〔一〕秦居。

【校記】

〔一〕此字漫漶難識，似爲『過』，又似『遥』字。

古少年行

燕中有豪士，英風憶少年。十二讀經史，陳書得異傳。十四投筆起，壯志何凛然。十五入山學擊劍，二十請纓臨征戰。虜騎南下賀蘭山，萬里從軍出漢關。漢關夜半驚刁斗，敵軍已敗雲中守。

平明官軍會敵軍，兩軍陣定晝昏昏。少年豪氣吞逆醜，怒馬當頭立陣門。虜騎迎戰嚴鉦鼓，黄埃漫漫揚威武。漢兵合圍勢如雷，奮迅霹靂匝地廻。虜騎大亂忽北走，少年奮擊殲渠首。乘勢掩殺凱歌還，不知虜死何人手。主帥從此萬户侯，茅土封爵國同休。子孫世襲黄金印，奕禩功名青史留。衛霍巨績由天定，竒數將軍命不猶。皓首歸來無舊業，烟波江上理漁舟。暇日置酒忽心熱，壯懷滿抱無人説。安得清風吹浮雲，一一訴與天邊月。

春日晚興

滿村紅杏酒初醇，十里平沙静晚塵。何處少年馳獵馬，江南花月夜遊春。香籠新月暮烟生，暖入池塘柳絮輕。萬樹桃花深渺渺，不分明處是春城。

美周詞

甲午十月遊周口鎮，聞李君燦斗有已故友之幼子來謁。友固淮陽名士，門下多所成就。及殁而家甚貧，其子苦學不怠。至是來謁，李君憐其貧而早孤，待之厚饋，膏火資遣，歸且囑曰：『乏則復來，勿使家計累學。』予感李君友誼之誠篤於生死，又餽贈豐儉得宜，俾曲就成立，因爲七古二首，以美之，命曰《美周詞》。

維鶴之孤，維予憂之。故人有子，君惠周之。周之何須費瑤琳，困日千錢抵萬金。范叔不薄綈袍贈，王孫常懸疏飯心。稚子遠來殊不易，繁霜百里懼寒侵。老坡仙去嗟何早，念爾孤幼守空林。空林積雨遲烟火，典到陸翁壁上琴。出門惘惘復何處，泱泱江水望知音。今日來謁酌壺酒，爲爾區畫一沉吟。戔戔且慰風雨夕，執子之手共沾襟。此意原出至性裏，泉下聞之人應起。使我惻然念重淵，當年意氣誰堪比。當年拔山蓋世英，今日難保升合米。當年桃李花滿庭，今日不見門前屣。慨當以慷心悲傷，盛衰之感何能已。扶危濟急獨賴君，嗟哉如君今有幾。故者無失親者親，交情生死見天真。願將此日憐才意，説與當途趨勢人。古人周急不繼富，今人繼富輕貧素。繼富者名馬文錦常嫌少，輕貧者簞食豆羹常煩惱。何況囑令源源來，窮途垂念小坡才。小坡今年纔十五，前程萬里望蓬萊。萬里蓬萊難遽到，三更燈火會需財。當是時而不作蘭膏贈，恐爾衡廬困頓道心衰。當是時而遽投千金餽，恐爾英氣疏濶奢念開。從中酌取成全計，然後知重來之一語抵瓊瑰。此時肯作重來語，此意直通泉下臺。五陵尋勝方未已，易其交兮結羅綺。羅綺叢中望仙源，遥指紅樓彩雲裏。羊酒輿馬紛紛來，紛紛共向桃與李。桃李花開自成蹊，桃李花飛路萋萋。惟望鮮花勤徵逐，誰念涸轍困塗泥。嗟君獨濟涸轍否，涸轍滴涓皆堪美。何必豪俠浪沽名，投贈輕奢巨萬累，杯勺潑起西江水。

此作稿既成，葉廬峯先生見之，喟然曰：『是所謂有關世教之文字歟！夫風雲月露之詞，雖連篇累牘，衹以寄吾興而適吾情，其於世道人心何補乎？此作情詞凱切，至性動人，恨不令天下慷慨士頃見此詩，爲之同聲一贊。又恨不令天下單寒友頃見此詩，爲之同聲一歎也。會須先將此詩刻刷一紙，徧示同人，庶不負作者苦心。』予曰：『何敢當此，但使世有知者，期不没李君之美誼云。』自記。

癸巳謁先祠感懷

十載成祠近若何，茫茫回首恨偏多。躬修家政猶新跡，手植庭梅失舊柯。誰憶樓臺思結搆，忍教門第暗消磨。雙眸轉幸今朝廢，不向秋風嘆黍禾。

唐棣歌示弟蔚亭初度

唐棣樹，當庭路。先人所植，花開幾度。初度花濯濯，再度花如故。奈何人老不如花，今年鬢比去年華。白楊蕭蕭兮人何在，白雪渺渺兮望已賒。苦恨天倫樂事少，况汝初度□〔一〕天涯。今年喜爾暫留家，醉歌唐棣滿樹花。

望巫峽摧仙槎，望蜀道多險崖。何彼唐棣繁繁其華，我有兄弟無以爲家。無家豈是爲敵虜，干將綴履空搔首。山田典盡升合難，任是胸中羅八斗。唐棣花開四十年，悲君如對十圍柳。陟屺陟岵銷我魂，悠悠泉路頻酹酒。慨當以慷心悲傷，烈士銜恨惜衰朽。無那年年初度辰，阿兄阿弟常分手。今日與爾忽團圓，命酒澆下與飛斝。看劍且盡杯中物，不管明朝道路難。上二歌聽莫訛，第一歌催顔酡，使爾聽之舞娑娑。第二歌嘆蹉跎，忽作變徵悲風過。悲風爲我中庭起，滿座聽之淚滂沱。淚滂沱兮皆感嘆，三歌無復重操縵。一時羣動蓼莪心，愁對唐棣花爛熳。

【校記】

〔一〕□，此字漫漶難辨，似爲『憒』字。

贈歌者

唱罷青山唱緑波，聞君長嘯醉顔酡。奈何去國三千里，依舊天涯自放歌。

詠蟬

莫謂泥塗困，飛昇自有時。三秋藏下土，一旦附高枝。出地風雷助，朝天雨露滋。和聲人共羨，廉静倩誰知。

早春晴雪

殘雪初消野逕斜，青青麥隴半抽芽。寒雲退盡春風到，指日城南有杏花。

仙客行

道光辛卯，趙石臺青選登賢書，明年春北上禮闈，因長歌送之，凡六百四十四言，命曰《仙客行》。

羣山萬壑環天水，天水林巒稱絶美。鐘靈毓秀幾千年，豪雋登仙看纍纍。淮陽有客號石臺，派分天水稱仙才。何年煉得羅仙妙，凌空飛向月中來。月中歷盡極深處，望舒促客聯跬步。云是天仙座上賓，道經蟾宫難久駐。嫦娥爲啓清虚扉，勅令傳呼驚雲霧。鎖闢仙關出廣寒，訇然中開青雲路。仙客奮袂登青雲，寒氣憑凌兩腋分。手援天馬空中起，足躡鴻毛月下賁。毛豐馬健雲途迅，瞬息長空天雞聞。天雞寥呼割昏曉，雲氣赤騰海日昕。雲氣漸赤星漸邇，頡雲憑虚探氤氲。斗極光燦疑不遠，茫茫何處衆仙羣。但上層霄莫天問，排空馭氣精神振。白虎蒼龍近可捫，帝車河鼓聲遥震。忽入大陰星漢回，雲垂海立迷難進。當是時雲間飄渺意如醺，茫乎若昧衝雲陣。儔度仙客朝帝閽，天仙玉女爲默運。天仙默運金蛇飛，神境欲現列缺奮。列缺霹靂落彩虹，豁然開朗天門近。城郭壯麗羣仙都，日月光華輝神郡。晶宫寶殿聳崔巍，金闕瓊樓何崇峻。巍巍峻峻歸青冥，烏飛不到虹千仞。踏盡長虹上紫宸，閶闔洞開隱重閽。重閽深處紅雲起，紅雲起處望天尊。天尊可望不可即，隱隱通明真宰存。霞珮雲冠何燦爛，霓裳羽衣氣渾淪。賁靂鸞虎天威赫，華蓋鈴旄仙杖陳。仙鐘仙磬傳仙蹕，仙部仙曹列仙門。千變萬化神仙府，使人覩之動魄魂。異彩奇情嗟何有，仙客逡巡凝神久。凝神逡巡不敢前，彼仙人兮爲握手。仙之人兮列如麻，雲之君兮雲生肘。雲霞亂兮仙隊移，仙幢飄兮雲霞走。雲霞開兮仙班分，雲霞合兮入星斗。天孫爲進雲錦裳，仙筵爲奉瓊漿酒。紛紛簇擁仙客來，仙客忽作羣仙首。於戲高哉！羣仙高會舞僊僊，仙客舉觴思綿綿。綿綿不忘疇昔路，舍情蓄意衆仙前。分星抉漢成高會，呼吸之氣已臨天。不知呼吸能通處，可許一一問塵緣。徘徊獨立千尋表，廻頭下視意茫然。廻頭下視茫無底，颯颯天風爲君起，風起雲湧不見君，但知君在風雲裏，一聲呼臚三千里。

短歌行

予既作《仙客行》以送石臺，覺胸中磊塊未平，命酒澆之，益復勃然。故又爲此以自遣，並録之，俾石臺知我衷也。

送君北郭外，置酒澆磊塊。送君須作歌，舉觴歌者再。一歌爲寄圃，一歌爲石臺。歌君有餘興，歌我有餘哀。興如長勺擊一鼓，君聽歌君應起舞。哀如《七歌》哀杜甫，君聽歌我淚如雨。鵬飛九千萬里遥，羨君直上真人豪。人生三萬六千日，恨我困頓卧蓬室。醉後慷慨興淋漓，將相無種要人爲。我生鬱鬱不得志，悲哉李廣老數奇。今君翩翩雲中路，莫忘長歌别君處。

臨别曲送石臺

長鋏困豐獄，終年無一曲。今日送君行，雲途歌未足。一歌發兮雲生衣，再歌發兮雲繞几。三歌未竟雲四起，滿座紛紛雲亂飛。今日送君雲中去，佇看乘雲錦衣歸。

垂釣口占

山雨經旬鯉正肥，清江一曲抱村圍。春流肯與主人便，白板門前築釣磯。

上從叔祖南廬朝珍

伯牙操一曲，鍾子爲興起。《高山》知在山，《流水》知在水。賞知在性靈，感通無其匹。况乃一脈人，同託先世體。我歌多慷慨，君聽悲難已。我歌忽發揚，君聽欣然喜。湖海四十年，同心今有幾。孰憶歸還後，故里存知己。伏櫪何足道，相期雲霄裏。

圃松

陟彼南圃，言覯其松。君子至止，莫覯其容。既倚且徙，烈烈其風。彼蒼者天，栽培弗終。松兮松兮，莫庇我躬兮。

有松有松，鬱彼南圃。昔我往矣，不遑寧處。今我來思，既廢且篤。彼蒼者天，夢夢莫覯。遲遲者日，困此大木。

嗟彼哲匠，誰復顧之。霜皮溜雨，牛羊牧之。英姿沐膏，桃李妒之。鬱鬱蒼蒼，悲不乘時。生生世世，此恨誰知。

訪隱詞

雲深不見人，但聞仙犬吠。吠時起天風，桃花落滿地。

自嘲

春來日日賦東風，律細晚年漫與同。意匠錘詞聲戛戛，心燈燭韻夜熊熊。調音可許金垂地，琢句惟憑手畫空。几净窗明書不得，終朝詩味壘胸中。

嵩山

連日嵩峯近，今朝逼望真。地樞分四部，天險鎮三秦。竹茂常留客，山高欲送人。夕陽回首處，寒氣尚盈身。

庚寅寄葉柳捣先生李

天地生才定有緣，思君底事已衰年。英英欲振心猶在，嶽嶽懷方志尚懸。不信商山終皓首，曾聞渭水駐高賢。奈何詩酒垂垂老，一任五陵先著鞭。

嗟予角勝走中原，三北劉蕡未改轅。豪氣不除終似馬，名心太重總如猿。君方聞調悲流水，我已懷愁歸故園。四十餘年來往誼，可能一二爲人言。

忽覺今朝酒力雄，懷君扼腕歎匆匆。三書計盡桑榆晚，七貴門高道路窮。冀北騏驎皆聳轡，淮南雞犬盡乘風。夜郎被逐成都困，誰諱昊蒼不瞶聾。

覆雨翻雲莫自由，且隨人海共悠悠。瓊漿金鯉隆新進，高鳥良弓憶舊游。鸚䳇誰終香稻粟，鳳凰難老碧梧秋。爲君一顧西川道，不恨儒冠誤白頭。

獨念追隨事尚存，情深嘉惠可能論。春風遊盛嘗聯轡，夜雨談心每共樽。一飯王孫非望報，半生國士未酬恩。那知忽作籠中鶴，轉使高年繞夢魂。
由來文字有因緣，鐘愛如何覺更偏。看劍幾回催壯志，臨風渾欲助高騫。引人入勝開三味，爲我讀書計萬全。廻首可憐期許意，竟從波浪憶青蓮。
一卧滄江歎久離，衷情欲訴已淋漓。英年豈信窮途阨，飛將難逃老數奇。既向三生尋覺悟，猶從萬里憶驅馳。酒澆不下龜家恨，除卻青天更寄誰。

賈魯河感懷

分明船上見花飛，掉入深溪霧四圍。力盡輕篙人意淡，仙源難覓又空歸。

秋雨

秋雨連綿一月餘，舍南舍北半成渠。江村稚子無塵務，不是讀書便釣魚。

宮詞

風静天街暗緑紗，深庭露溼夜香花。水晶簾捲人歸帳，一枕巫山月半斜。

戊子杜小漁鍾魯見過

君來殊不易，握手一傷神。風雨勞鞍馬，關山隔渡津。贈詩開舊癖，饋物念清貧。荒圃淹留意，平生問幾人。

寄賈柳塘貫儒

故人醉後上山莊，夜雨途經柳岸旁。幾令平塘成苦海，旋教九烈渡慈航。事臨患難恒懷友，身出風波每斷腸。爲問誰施援手救，良朋廻首竟茫茫。

夜半人歸醉舊醅，舍南舍北水瀠洄。米家山暗廬難辨，藥圃雲深路費猜。豈料循途猶失足，果然緣木竟無災。知君不是池中物，風雨憑陵躍上來。

身事由來多險機，誰堪輕去董生帷。風濤豈盡巫山峽，猛浪常逢采石磯。莫道眼前危徑少，須防陷後故人稀。池塘自古懷兄弟，春草從今憶醉歸。

失足今朝意共傷，無端感事露圭鋩。江郎抱恨情詞切，杜老懷人波浪長。舛錯歷經皆是造，泥塗超脱定非常。此言欲寄雲中鶴，山水迢迢隔渺茫。

傳悲懷

蘇公致仕旋里，築松園於郡城之西，士大夫遊其園者輒冠蓋相望。有潁濱高士趙君號勁節者，與公本不相識，一日來遊，公待茶清談。辭歸，問園中所少何花，公以素無者對。後月餘趙之弟載名花數十本送至，憫然敘阿兄已故，今奉遺命來送諸花。蘇公深爲感歎，向予述其事。予感而爲此，以彰趙君之信義云。

昔日與君昧生平，許我名花道姓名。今日與君隔重淵，使我對花意潸然。憶君昔將名花許，卧病猶傳遺命語。有弟慷慨繼阿兄，將花送至淚如雨。久要不忘自古難，況乃閒情可共寬。趙君言踐隔生死，克復前約骨未寒。英靈之氣何能滅，魂兮歸來遥情隔。主人念此不成眠，懷君望斷山間月。山月今夜影徘徊，故人入夢傍宵來。衣冠不改平生舊，談笑全無隔世哀。手持一本紅蘭草，問我此花栽未栽。眼觀三徑磁盆卉，問我前花開未開。欲去我留争歡際，苦恨鐘聲動城隈。醒後不知魂何處，松園月照迷烟樹。烟樹迷離不見君，惟見明月空中度。

遣子謁吴竹溪丕顯歸後寄之

契濶年來别恨多，竹溪光景近如何。誰知老去蹉跎甚，淚灑東風送小坡。

乙未早春載酒訪柘城姻家竇南墅玉尺小飲

殘雪初消露道途，春泥漸滿滯車徒。少時縱轡憐今我，夢裏揚鞭快故吾。連歲逢荒人易老，經年作客會難圖。奈何遠造將芹獻，衹有秋林酒一壺。

早春曉行

郊野東風細，輪蹄曉露溥。途遥憐馬瘦，裘敝怯春寒。江畔冰猶合，山陰雪半殘。雲林纔淑氣，已作畫圖看。

從軍行示諸子

一人有福，託及滿屋。滿屋不知愁，一人何碌碌。朔方健兒二十七，一冠三軍稱第一。兵餉領得升斗來，山廚烟火笑顔開。問渠烟火來何處，秋水年年頻告災。老將飛箭衰殘久，蔭庇無術空徘徊。嗟哉耰鋤須勤儉，莫累阿昆奮擊行。閒〔二〕之奇才，培植健兒好身手，西征一戰平敵虜，與爾同飲黄封酒。

【校記】

〔一〕『閒』，似當爲『聞』。

乙未代子驤衢寄上魯山房師鄭明府□〔一〕

前年兩出趙公門，空憶仙葩近可捫。今年重向清虚府，望舒復贈吴剛斧。小山攀躋事如何，苦恨劉郎斧未磨。瓊樓玉宇遊不得，渺渺宫牆想玉珂。悵然空返重堪惜，辜負仙人推薦力。魯山魯水悠且長，桃李春風滿縣香。何時趨叩花深處，仙源細問山前路。

【校記】

〔一〕此字漫漶不清，似爲『鑾』字。

豪飲詞贈柘城梁題名金榜

昔我雖好飲，數句纔一樽。今必逢令節，始向杏花村。又或風雨故人來，山荆爲我甕一開。外此不作尋常酌，所謂飲者安在哉。惟有襄山故人稱豪士，壺觴克滿平生志。一觴堪封萬户侯，一醉真休如天事。漫説白眼望青天，何妨玉山頹平地。昨日我訪襄山南，雲水灣中列數甌。自從中和時節起，飲過上巳三月三。一年三百六十日，三百五十九日酣。問君底事經年醉，風景醒醒不耐觀。歷晦明，閱林巒。烟雲萬狀，變化無端，合教醉眼朦朧看。

和湖南廖春泉孝廉宗湘元韻

混跡風塵三徑荒，邇來身事兩茫茫。青年壯志雲歸岫，白雪新歌韻繞梁。愧我才疎追仲景，知君學苦繼孫康。他時晝錦能相顧，好醉牀頭舊蔗漿。

亭開橘井古泉香，久慕蘇仙居上方。勝地高風原不遠，名都過客定非常。題橋暫駐三朝轡，舞劍頻驚午夜凉。指日曲江開御宴，杏花十里看君忙。

寄圃詩草初集卷二

夜雨感懷 仿陳子昂《登幽州城樓》體

憶昔日之山川，感今夜之風雨。撫身世之茫茫，獨抑鬱而誰語。

早發大梁道中

旅夜聞雞起，長驅入汴中。月明關樹黑，霞蔚海天紅。迢遞京師路，崔巍帝子宫。曹門誰早度，匹馬戰秋風。

瑞雪

天雨珠天下，寒者難爲襦。天雨玉天下，飢者難爲穀。雨珠雨玉皆非瑞，惟有雨雪瑞爲最。况復今歲雪非常，平鋪瓊瑶無盡藏。

不及一尺瑞猶淺，一尺二尺瑞方長。三尺爲瑞瑞已極，江天彌望何茫茫。一連三日民稱足，衝動梅花萬樹香。梅花香散知臘盡，春酒家家進壽觴。猗歟哉！桑麻隴上梨花飛，天下從此不愁衣。

稻粱塘邊楊絮起，天下從此不愁飢。無飢無寒盈天樂，如此瑞雪古來稀。如此雪瑞來何處，長天如畫尋佳句。灞橋不識復不知，蹇驢得得雪中去。

南遊曲甲午人日送子驤衢早發之潁陽

汝歸臘十三，汝去正初七。屈指遥遥一年中，在家不能十之一。問汝今夕是何夕，使我中夜不安席。况復征車向潁陽，潁水迢迢潁路長。往來縱有長途信，衰年恐爲離別傷。遊子曲慰中堂裏，長跪辭别遊百里。征衣著後頻叮嚀，細委晨昏託菽水。臨別詞意何纏緜，爲感纏緜中宵起。燈前置酒意茫然，嗟爾遊轡慣年年。今年遊較去年早，去年人嘆今年老。去年聚首日無多，今年歡娱日何少。去年團圞望今春，今春又作送別人。十載未盡前途遠，含情鬱鬱幾時伸。念此心驚不能已，門閣暮暮從此倚。鄰雞三唱正盤桓，無那僕夫催行李。行李既戒話未休，負劍樽前且再留。聽我歌罷《南遊曲》，門前送爾下南州。南州桃李春如錦，南國山川多勝遊。但使無負別離久，終歲別離未足愁。參辰已殁天將曉，去去莫因内顧憂。遊子無語良久立，征馬蕭蕭僕夫急。欲去不去定歸期，滿堂離恨風淒淒。

上李徵君楷

潁北凝佳氣，鍾靈最上頭。文星分野近，曲水抱村流。桃李當春茂，芝蘭繞砌幽。忝居門下士，十載愧從遊。

鹵薄排旌旆，雲連七里斜。如何天子使，忽向野臣家。實大聲能遠，涵深氣自華。須知高卧意，不是癖烟霞。

詩禮家聲舊，名成一代欽。天倫垂士表，交際重儒林。嶽嶽懷方度，嚴嚴守正心。經年尋訪履，不到宛城陰。

超然塵俗表，落落澹襟期。履道常逢坦，承平莫見奇。興來多刻燭，老去尚垂帷。請問東山客，蒼生欲寄誰。

鬱鬱松生圃，亭亭秀出林。無人題勁節，獨自抱負心。錫號君增價，登龍衆莫尋。於今方聳翠，感舊一沾襟。

中宵孤客起，閒坐獨生愁。潁水懷明訓，淮陽憶舊遊。鶯花勤勝會，風雨共清秋。爲我何多感，千金未可酬。

不向城南路，於今已四年。家祥聞疊至，鴻錦辱頻傳。國士期成安，王孫志尚懸。奮飛空自恨，夜夜傍君前。

癸巳春日客中喜高芝崖峽雲見過留飲别後寄之

宛城南望起氤氲，佳氣峥嶸定在君。試看虹光常近斗，迴瞻甲第果連雲。國恩家慶誰齊見，民望官聲會並聞。獨恨深山人已廢，相逢無計對清芬。

僻寓蕭蕭長碧苔，門庭寂静屏囂埃。青雲客至春風滿，紅杏花香曉甕開。逸興忽遄須盡醉，交情偏重總因才。從今莫嘆無人識，尚有高軒肯惠來。

置酒蕭齋客四圍，江鄉風味燦朝暉。春流拍岸蓴初嫩，夜雨連山筍正肥。舉網得魚知有用，回朝遺興豈無衣。勸君應盡今朝量，請看落花處處飛。

呼兒典去敝貂裘，飛羽東風更進籌。北海賓朋追勝事，曲江花鳥問仙儔。且傳金谷青州令，漫説瓊林碧玉甌。破盡愁城兵力健，戲同豪客共封侯。

自從卧病醉爲鄉，相值銜杯話正長。酒後熱心空鬱鬱，曩時壯志嘆茫茫。奈何逆旅纔傾蓋，無那僕夫又戒裝。轉瞬明朝山嶽隔，共憐身世日怱忙。

南歸聞道赴京華，冠蓋飛馳莫嘆遐。同輩幾人稱得志，問君底事久棲霞。白駒不繫承恩樹，青史常留及第花。北上何時應告我，豫將樽酒餞天涯。

再訪高齋客已遥，郢評贏得意囂囂。琴逢鍾子千年幸，劍到薛門萬恨消。獨奈春長情寞寞，轉憐槃短夢迢迢。秋風定作南遊計，應許聯牀酒一瓢。

當境新詩忽未投，光陰回首恨難留。孤城風雨成佳會，别路山川憶舊遊。月照南亭人獨坐，春歸東渡水空流。奈何難待秋風約，關黑楓青夜夜愁。

癸巳晚秋感懷

高臥空林久，怱怱歲序忙。課兒嫌晝短，燒燭歎宵長。廬敝偏多雨，家貧屢被荒。山深驚縣吏，佳句誤重陽。

掃葉頻燒酒，今朝欲自寬。久離懷故友，多病畏新寒。蜀道循途易，仙源問渡難。早知中歲厄，底事困儒冠。

贈龐霞峯

昔日閒情記得無，小齋談笑作鴉塗。亭留漢隸曾臨帖，壁挂滄山屢繪圖。回首風光成契闊，轉憐筆硯委荒蕪。空庭松落涼秋夜，鴻跡當前應念吾。

胸襟落落絶塵埃，杜老蓬門爲底開。興逐東風春載酒，情聯北海夜傳杯。交游識遇殊憐困，文字因緣總念才。有子擬增桃李樹，何期竟作玉蘭栽。往日朝朝上鹿門，情深結契重王孫。曾經慰誨愁仍在，無可排消志尚存。紅友忽催『天末』句，青楓常繞夢中魂。茂陵所恨猶秋雨，知己何年一報恩。

閨怨

江頭同澣豔生春，□〔一〕對菱花嘆不辰。畫裏昭君猶出塞，紅顏薄命更何人。

【校記】

〔一〕此字漫漶不清，似爲『復』字。

黄鸝歎

有賢婦早孀，子甫七齡，家甚貧，而矢志頗堅。母家固奪而嫁之。夫之塾師，憐養其子，教之讀，頗聰慧。感而賦此，以勉之。

鬱鬱園中樹，翩翩樹上鸝。渺渺絶爭患，交交哺其兒。哺兒未展翅，雙飛日飼之。雙飛何自得，恩愛兩不疑。胡然中道阨，風雨遭數奇。一爲漂摇殂，一爲風波歧。歧途何日返，巢臼忽如遺。

勗哉爲雛者，雲霄慰所期。

殲爾獨何爲。零零遺孤在，恃怙待阿誰。寄語園主人，保護費支持。艱難豐羽後，振翥會有時。

雛鳥繞樹鳴，哀呼酸且悲。死者長已矣，生者永別離。念此愴我懷，淚爲雛鳥垂。天網疎不漏，

秋日病目遣懷

余素無目疾，嘗月下讀細書，故勞瞻竭視，頗不自愛。道光丁亥游宛西，偶染時疫。及旋里，疾未愈而目已病。家人倉皇，爲庸醫所誤，遂至失明，迄今且年餘矣。盡藥無應，真奇災也。擿埴索途，不復知筆墨爲何事。越明年秋，忽有所感，遂成七律十九首，未敢言詩，聊以自遣。識者諒之。時重陽之後三日也。

掃地焚香念夙因，秋聲擾擾劇傷神。西河有恨空搔首，南海無情莫濟人。半世功名知自誤，一生慷慨向誰陳。登山欲向青天說，底事偏殃左素臣。

天意遥遥詎敢期，問諸人事更堪疑。吴門南望精神竭，蜀道西馳車馬疲。患生肘後防難豫，病到眼前治已遲。倉皇四出尋和緩，不見先生尚可爲。

靈素客來誼最高，居然扁鵲下仙曹。讀書曾詡前人秘，臨症多誇當世豪。誤及終身誰補救，路歧千里爲蠶毫。庸醫自負清鋒劍，不怕書生有利刀。

四十七年未覺慵，九千里路冀登峯。心燈夜炳光何壯，意蕊晨飛興正濃。忠孝熱懷常熾火，經書疑障待鳴鐘。奈何圖史皆當面，如隔雲山幾萬重。

苦吟豈是爲途窮，信手何須問拙工。月夜詩魔形欲現，花朝腕鬼迅如風。敢期鵷鷺鳴天上，且效騏驎嘶櫪中。不合感時狂咏寫，蒼天罰作自書空。

也曾自勸莫回頭，争奈幽懷觸素秋。苦海無源緣性發，慈航欲渡被情留。空空色色開新悟，雨雨風風憶舊遊。萬感牽心難自已，奮飛直到岳陽樓。

築圃開園寄素心，遠期休退卧空林。杏花春雨常留客，梧月秋風每弄琴。當户蒲魚經慘淡，繞廬竹樹費沈吟。如何造物偏多忌，佳水佳山不可尋。

陟山一祝企歸來，望斷白雲意轉摧。堂上雞豚悲不逮，夢中疾痛唤難回。長楊亂送終天恨，幽路莫聞搶地哀。勉履秋霜營薄奠，冀通辛苦到泉臺。

昔日追隨不可忘，詎知三載變炎涼。登高作賦誰推獎，臨别興歌冀顯揚。國士相期何落落，王孫欲報竟茫茫。而今忽憶師門立，春圃雪深話正長。

一堂四座意歡然，迴首中書已棄捐。夜雨池塘空入夢，秋風枕被憶同眠。而來灼艾誰分苦，此日撫荆劇可憐。痛絶人琴今已矣，詎知季子困中年。

註首二句　余同懷兄弟四人：長名甲，幼入童子試，邑郡伯擢冠軍，學使未至，早逝；

三名念曾，太學生；　四名槮，邑廩生。

春泉招我自郴州，謝卻閒情待遠游。　閫外將軍三顧枉，郡中太守一書留。　名都有志皇居壯，勝地常懸華嶽秋。　所恨先期人已病，空懷公子舊風流。

河陽歸我便蹉跎，爲助詩書百事磨。　萬里馳驅心太遠，三春桂玉恨偏多。　身難自保復誰顧，舌即猶存奈若何。　卧盡牛衣今更厄，尚搜舊篋覓仙佗。

伯仲齊肩季尚癡，景升有子繼先祠。　西窗燈火雪霜夜，南畝耰鋤風雨時。　弱冠已希天下志，成童曾和古人詩。　縱云舐溺終難買，忍使淵明誤阿兒。

話到倫常百感馳，西風爲我助臨池。　千年奇遇悲生死，五斗薄營催別離。　出險無門憑命定，回天有力要人爲。　壯心欲奮嗟身否，不是桓温種柳時。

憶昔輕心事北游，登臨咫尺望瀛洲。　何期竟作籠中鶻，迴想真如海上樓。　深谷幽蘭憐獨茂，小山叢桂爲誰留。　無端忽入邯鄲夢，猶見朱衣暗點頭。

豪氣不除是舊容，病軀猶覺露圭鋒。　詩成馬倚千尋瀑，曲罷人聽萬壑松。　獨恨豐城沉寶劍，詎堪硯水困人龍。　茫茫回首追前事，機會何年再□〔一〕逢。

已經貽誤更誰爭，没世無稱總未平。　草草生涯荒讀史，勞勞帖括廢談兵。　風雷衛霍由天授，綱紀馬班定夙成。　合作龜蒙東壁老，人間到底不知名。

委心任運聽天災，有客曾言定可回。山盡水窮尋道路，花明柳暗見蓬萊。茂陵秋雨長卿病，漢節南夷駟馬來。困極當亨應自信，不知誰是李之才。

獨立中庭驚歲馳，茫然四顧欲何之。恹恹不復言因果，瞶瞶詎堪問報施。無處可尋消遣法，有懷難告世人知。惟將滿抱牢騷意，付與蕉窗墨半池。

【校記】

〔一〕此字漫漶不清，似爲『得』字。

和柘城梁松谷沖漢原韻

讀來佳句頓消愁，宛對西山爽氣秋。富貴都從杯底盡，樓□〔一〕常在畫中遊。美君直等乘雲客，愧我難登訪戴舟。蘿徑相邀能降否，村醪久待舊牀頭。

【校記】

〔一〕此字漫漶不清，似爲『蓮』字，或『遴』字。

醉蘭歌上項城宗兄念菴 符訓

潁水西北來千里，萬壑合流清澈底。到此一灣結秀靈，灣中遥望樓閣起。長林修樹皆十圍，風聲激激寒生衣。登門入院青香足，滿庭蘭蕙繞窗扉。宗府阿兄七十老，松姿鶴骨常起早。怡然横經課童孫，爲我遠來花徑掃。花徑曲折苔痕新，深竹留客茶烟小。少頃兒童酒漿羅，江鄉風味魚鰕多。甕頭春暖騰芳烈，碧玉杯古漾輕波。主人呼孫孫頻酌，蕉量雖小奈勸何。孤客頓忘疎狂態，十觴一舉醉顔酡。揮毫不寫池塘句，爲君翻作醉蘭歌。醉蘭一曲琴三弄，清風颯颯蘭香送。蘭香深處多嘉祥，福山瑞柏結鸞鳳。

注瑞柏　先塋多柏，其中二株，横幹作鳳形，首尾翅爪，無不畢具，蓋靈氣所結，非偶然也。

升斗謡

甲午春，子驤衢食餼，李梧圃厚貲相助。予適遊周口鎮，客中得書，感而賦此。

一飲一啄皆前定，一升一斗都由命。奈何前日升斗難，升斗之難，難於上青天。奈何今日升斗易，升斗之易，易如履平地。問君何爲難，囊橐之中少萬錢。問君何爲易，潁水之上有同氣。念此忽憶分金臺，義氣遂全天下才。回首可憐才人困，八斗難易一升來。於今幸有同心友，落落高誼嗟何有。昨日春帆寄書來，使我聞之忽搔首。客曰君且喜搔首，何爲予曰有所思。此意寄誰，縱云義士，嘗輕千金與？吁嗟乎！知己之感，何以報之。

惜花詞

余病目今已二載，抑鬱無聊，莫可名言。去年秋作《遣懷詩》七律十九首，覺胸中磊塊稍平，數月間不復吟咏。今春園花盛開，徘徊悵望，忽有所感，遂成七律十二首，命曰《惜花詞》。信口隨心，殊無倫次，意者欲與《竹枝詞》等例，俾得傾其所懷，識者當有以鑑吾矣。時己丑之三月二十有五日也。

疇散瓊瑶落上台，形流嘉植下塵埃。香從帝女宫中釀，色自天孫機上來。豈是無心徒降物，定因有用始生材。奈何誤被東君賺，風雨摧殘劇可哀。

記得當年醉玉樓，紅光照耀紫霞甌。聲傳曲巷重深處，豔出名園最上頭。嘗坐瓊筵開夜宴，能教朝士典春裘。那知轉眼都成幻，空封東風憶舊遊。

花事茫茫憶昔時，爲君保護費支持。碧紗籠障留香久，雲母屏風冀落遲。一夢真如空際色，三春盡作鏡中窺。元都觀裏無人到，前度劉郎知未知。

看花人去草萋萋，宛對黄陵古寺西。駿馬驕行江上道，芒鞋亂踏苑邊泥。誰家夜雨憐門響，有客春眠驚鳥啼。迴首不堪尋舊路，紛紛無復再成蹊。

花甎遲度晝初長，庭院關情惜寸光。滄海勒碑憐發早，曲江歸馬嘆馳忙。幾枝曾燦風前錦，何價能延月下香。一刻千金買不得，誰期百代尚流芳。

山客高眠冷敝裘，含情强起一登樓。傾城豔冶歸籬落，絶世文章付水流。烏散空庭春寂寂，酒醒殘月夜悠悠。如何畱壯園亭色，忍使丹紅委碧疇。

見説生生有不辰，花開花謝信全真。嬌妍著雨偏逢怒，佳冶臨風慣惹塵。紫禁寶欄由夙定，青童竹帚豈前因。仰天欲問天無語，同發誰應落□〔一〕茵。

栽到江南遇已窮，瑶華悵望舊時宫。君王不勑畱花鼓，殿閣惟傳滴漏銅。豈獨白楊悲夜雨，難憑黄犬吠東風。主人且念從前豔，漫作尋常待落紅。

騎鶴纏金期壯游，名都烟景憶揚州。鶯鶯燕燕隨君老，雨雨風風送客愁。感舊有詩空綺語，懷春無夢不紅樓。仙源欲絶人間路，滿地緑陰何處求。

傳燭誰畱處處飛，舞觴徒襯袖長衣。碧山棲隱成仙境，深柳讀書歎化機。洞口香消春色晚，渡頭兩歇故人稀。明年縱使東風早，依舊重開事已非。

曾深培植是前緣，用盡辛勤忍棄捐。老大忽驚桓太尉，遷流偏遇李龜年。青雲道上思黄鳥，紅雨聲中聽杜鵑。榮落古今同浩歎，何須一一問蒼天。今日爲君酒入唇，頹然大醉送芳春。紅顔薄命真成例，紫燕多情空戀貧。有用英華悲自悼，無聊扼腕鬱難伸。須知萬種纏緜意，不是憐香惜玉人。

【校記】

〔一〕此字漫漶不清，似爲『唇』字。

槐芳店懷古

十五喪舅，十七喪夫。涓涓潁水，瀚濯養姑。姑病不能起，求藥愁百里。長跪問所餐，魚筍冰雪裏。弟走從軍母黄泉，歸寧無所倩誰憐。夜深泣呼阿郎急，陰風颯颯阿郎立。如此十載姑氏亡，營墳營奠夜懸梁。殁後雷雨經三日，天地爲之久低昂。有司聞之心悲傷，細將顛末報君王。家貧誰建雕龍柱，白板懸槐字數行。我來此地訪終始，故老爲我語最詳，徘徊摩挲無碑碣，魂兮歸來意茫茫。吁嗟乎！魂兮無歸人不見，猶勝豪祠隆宫殿。精誠所結自昭然，千秋留得槐芳店。

題沈邱李梧圃晉幽居

重門幽院屏塵囂，竟日無人永晝消。雀噪樓臺聲寂寂，竹摇庭徑影蕭蕭。閒翻鄴架書千卷，興對花叢酒一瓢。丹桂紅蘭今正發，主君底事不逍遥。

甲午九日獨酌遣懷

佳節舉觴逸興飛，壯懷無限閉荆扉。英雄大志成功少，寒素天倫樂事稀。猶幸學詩人正奮，應憐力穡稻初肥。且將風雨沽來酒，視作萊堂彩戲衣。

客中寄姻家竇南墅先生

落葉滿階秋已闌，感時傷事一盤桓。蹉跎豈獨年華迫，契闊都因家計難。不信馬融終絳帳，誰知阮籍困儒冠。別來若問情長短，風雨襄山夜夜寒。

獨坐凉宵冷敝裘，爲君聊訴半生愁。聞雞有恨驚新節，聽雨無情憶舊遊。意蕊晨飛神忽聚，心燈夜炳志難休。一籌莫展垂垂老，徒作人間自在囚。

冠蓋京華届節忙，紛紛裘馬耀煇煌。光天化日由人奮，幼子童孫賺自强。豈是英雄真氣短，奈何兒女漸情長。報君一事君應嘆，小友當年鬢已蒼。

東遊底事遇天災，爲我經營劇可哀。幾度軒臨延國手，稍遲藥救便泉臺。人逢險阻親情見，節至嚴寒春信來。塵網從今都看破，秋林紅葉甕初開。

秋釀家園近若何，請君一葦渡西河。黄封慣使精神敞，紅友能催色笑和。生事由天空慷慨，平心委運任蹉跎。引杯欲下胸中恨，吐向青天作嘯歌。

寄柘城梁松谷

感雪吟詩見得無，窮途狂態剩歌呼。襄山回首多離恨，空念君情憶故吾。

夢裏頻遊濟水陽，遥情脉脉問高堂。弄孫常羡天倫樂，自是含飴福壽長。

閒坐蕭齋憶鶴青，書聲朗徹過中庭。不知别後精勤業，讀盡南窗幾部經。

註　鶴青，松谷子

曾爲良宵吟水畔，每逢令節望天涯。憑君寄語諸桃李，珍重春風滿樹花。敞車羸馬未堪馳，音問聊通憶舊詩。獨恨孤村猶病廢，苦無善狀報君知。

癸巳示子驤衢教幼弟雲衢

犢愛非吾志，安能性自由。莫因遊學意，致蹈溺情羞。名自安閒敗，威從夏楚收。蘆花風雪裏，純孝至今留。

題《爛柯圖小景》

局外閒觀久，思歸已爛柯。不知山下事，風景近如何。

寄李竹坪 逢夏

故友高歌念別離，秋風走馬下西陂。英雄有恨君途舛，禍福無門我數奇。惓惓交情憐困頓，忽忽生事嘆紛馳。奈何卅載睽違久，相見南亭一飯時。

逝水流陰不可追，臨堂危坐爲君悲。山東風景懷前事，潁北樓臺憶昔時。一宦冗銷真似海，三生覺悟總如棋。今朝願進排消法，但顧阿儂便解頤。

閒坐憐君亦自憐，江南憔悴李青蓮。蛟龍入夢驚三宿，園圃難窺悵二年。琴榻吟殘懷友句，藥囊裝盡買山錢。別來無恙還能見，便是人間陸地仙。

何曾一脱舊征袍，轉瞬浮生已二毛。萬里馳驅猶夢夢，中年責備尚勞勞。鶯花有興懸佳會，風雨無緣共素醪。所恨商淮原不遠，平時底事負客刀。

迴首夷山幾度秋，長安宮闕憶瀛洲。風簷辛苦成佳境，客館囂塵敘舊遊。冠蓋京華人自滿，詩歌旅邸韻空酬。鹿門一見君增癖，落月青楓夜夜愁。

訪李訥齊恒貞不遇

昨日讀君詩，如觀長江水。浩浩萬里流，衆壑誰堪比。自是仙骨異，經書復根柢。所以發清思，方寸風雲起。我來遊潁上，渺渺懷君子。殷然松下訪，不遇空翹企。嗟我潦倒人，無緣謁彼美。徘徊羈旅中，徒抱寡聞恥。艱難擬再尋，猶恐雲深裏。

甲午古項旋里留别諸子諸子，驤衢門生

昨日懷君命駕來，今朝歸去轉憐才。含情寄語諸桃李，小圃春深花自開。

萬樹桃花何渺然，清溪雖曲盡通船。此中即是仙源路，但恐漁郎棹不前。

船到中流莫自遲，幾經推挽悵何之。須知水盡山窮處，便是花明柳暗時。

一番入勝一番新，妙境層登自出塵。莫使春光空自去，青年徒作太平人。

離堂多謝永朝留，別意何須相對愁。後會有期原不遠，山明花發待重遊。

丙申春，由柘城之睢陽，陳藏廬文雅並弟核園模置酒餞飲，作此酬之

朱陽北望路悠悠，駐馬停車且再留。江市買魚同飲餞，山城沽酒共澆愁。一堂忽動離羣感，三月何來滿座秋。醉後譁然成獨笑，爲君繾綣訂重遊。

題《美人睡起圖》

滿地棃花户未開，紗窗日影照粧臺。黄鸝驚起海棠睡，魂自紅樓夢裏來。

感寓篇上項城宗兄念菴

遊子有遠行，驅馬西山路。山路何崎嶇，渺渺多烟霧。中有阻人溪，危險難爲渡。初視若甚狹，近視闊無度。初視若甚清，久視濁流注。如何當要道，窘此遊人步。逡巡莫敢前，躊躇爲之顧。遥見童顔叟，聽泉獨倚樹。問之乃吾宗，採芝雲深處。惻然本源感，脉脉通情愫。裹糧資我行，錦囊施呵護。爲我指迷津，雲山從此去。回顧後來者，恐爲溪所誤。

客中謝李徵君延醫見過

潁水滔滔去不回，重尋舊館徧蒼苔。徵君顧我何多感，延得龍宫妙手來。甘心病廢卧空山，棄玉捐金若等閒。此日無端懷往事，當年回首淚潸潸。

蓬山採藥望仙曹，七載茫茫枉自勞。榮落升沉都有命，何曾爽卻半分毫。

無復雍雍侯雪門，青楓嘗繞夢中魂。安能一枕黄粱覺，酬盡平生未報恩。

甥女

鐘離風雨遺孤在，難訓女紅起最遲。夢裏不知亡母慟，猶依阿妗作嬌癡。

客中寄書禹州示族弟德長

秣陵四望路茫茫，片牘天涯付雁行。二十餘年離别恨，夢魂何處不池塘。

記得當年到故鄉，淮陽歸去已秋凉。紫霞杯在人何遠，忍注春醪不斷腸。

門第哀殘强自支，苦無善狀快臨池。城南寄語楊君説，不似秋闈夜話時。

書劍沉淪志未酬，此生無分到西州。懷君難卜今何處，可許春風訂再遊。

甲午季秋數日無詩，作此啓之

風滿林間雨滿村，重陽節近卧黄昏。憑誰爲報山城吏，趁我無詩早扣門。

甲子投宿山莊 莊在杞縣長山

欲投宿處隔扉窺，月照深林烟樹垂。剥啄臨山聲應應，趨蹌開户問誰誰。胡麻飯客殊堪異，班史教兒大可爲。我意暫留商卜築，雞鳴催舞又先馳。

桑茶引 先是醫者論予目疾爲茶所傷，而予固素好茶，因教以霜桑代之，後遂以爲常

當年蟖眼判茶湯，雪水翻濤滿案香。蒙頂龍團情已淡，卻來林下掃黄桑。
名品京華價最昂，豪家争購漱芬芳。熱腸無分當時貴，合得蕭蕭一味涼。
服食難求沆瀣漿，閑烹霜葉滌詩腸。山林自有無窮味，但恐人間不肯嘗。

小飲烹鱸憶夜訪李釣癡

記得當年訪釣癡，黄昏縱轡自驅馳。江村風雨人歸早，秋水蒹葭舟渡遲。廬在竹深林密處，客逢

網舉甕開時。而今迴首渾如夢，每對鱸魚憶故知。

遇楊參軍琢菴德林

記得當年酒一巵，金昆集宴共吟詩。如何再見參軍日，不似蘇園夜話時。
瑶章長憶句雕龍，嘉會重尋嘆莫從。苦恨深山人病廢，中途覿面不相逢。

觀劇

誰作阿瞞劇，寫出阿瞞相。頃刻見循環，釐然留榜樣。欲知當朝死者殉，但看今日觀者嗔。奈何萬古千秋後，殃及逢場作戲人。獨怪懷才逞伎倆，何苦蒙嗔學奸黨。解粧不敢入市遊，恐人共見下場頭。

冬日寄慰趙柳橋嘉祥

昔日交情一夢過，柳橋近況問如何。圖書東壁盟心在，風雨北堂遺恨多。春至何須傷困頓，雪晴從此快臨摩。聞君已寫黄庭就，待换山陰道士鵞。

感雪吟

癸巳歲暮，大雪，寄示子驤衢、雲衢遊柘城。

遣使傳庭訓，對書入濟陽。殘冬愁雨雪，孤館念炎涼。顯晦誰能測，陰晴定不常。感時無限意，塵海歎茫茫。

命酒難澆恨，爲詩告汝曹。歲寒心更熱，境困氣仍豪。雪意懷楊柳，萍蹤綣李桃。倚門頻悵望，逆旅念風高。

今歲多陰雨，行裝久去闈。殷勤修片牘，艱苦寄寒衣。暗水冰三徑，遥山霧四圍。茫然天又雪，遊子幾時歸。

雲暗江天景，村扉早閉關。烹茶聽雪水，煨芋憶衡山。詩寄梁松谷，神遊惠濟灣。霏霏林壑暮，高卧畫圖間。

夜静風偏烈，茅廬萬樹鳴。窗疎知雪急，更盡覺衾輕。桂玉催人起，關山入夢征。牀頭晨問處，幾尺到門楹。

積雪空林曉，閒情入望新。爲山明照牖，掃徑曲通鄰。風散中庭絮，爐圍滿座春。差强今夕卧，擾擾夢遊人。

今夜襄山雪，安知幾許深。遥憐蕭寺客，應起故園心。廬舍懷前惠，溪橋憶舊吟。念吾須自愛，無使太寒侵。

註　先是路生青蓮因雪送炭，作詩謝之。有『風冷溪橋勞馬僕，光生廬舍起烟霞』之句。

薄告窮途況，蕭然困敝廬。臘殘催吏緊，歲晚故人疎。滿地留行雪，盈窗索債書，豪情空萬丈，相對更何如。

歲暮年年窘，今因雪更難。薄醪騰重價，歉絮遇深寒。白戰軍雖壯，藍關馬已殘。快哉東壁老，喜作瑞圖看。

自少輕生産，常期遠到遊。豈堪衰廢日，猶作稻粱謀。冬筍誠能感，冰魚信可求。離堂風雪夜，辛苦倩誰籌。

爲有垂成會，庭闈强自寬。雪深猶入市，裘敝不知寒。史待三冬足，心期萬里摶。恐傷遊子意，黽勉報平安。

内顧常憂汝，書來自可平。窮經當静慮，登岵懼分營。雪案心珠徹，冰天理障明。幾回光欲焕，價已重連城。

註　驤衢秋闈屢薦不售，至辛卯壬辰兩科俱蒙趙鳳崖先生力薦，又皆不售。嘗寄書余家，約驤衢北遊。

天憲嚴闈令，分曹密部閽。誰知梁苑薦，仍出趙公門。定有前緣在，能無後望存。修城千里雪，青鳥又承恩。

曾叩清虛府，仙葩近可捫。何期天上境，如躡夢中魂。推薦雖云力，光芒總未惇。黄河晴欲渡，鐏酒一重論。

見説仙山遠，曾聞買渡舟。況當天際發，已是海中遊。雪盡逢春浪，津通得順流。乘風從此去，咫尺望瀛洲。

幸識山前路，先登及霽時。升沈憑命定，凌厲要人爲。奮志終能就，凝神莫自遲。仙源今在望，珍重此臨池。

不盡長途望，門閭繫念深。含情真似海，多句已如林。縱貴名城紙，難書永夜心。直當花滿苑，歸訴雪中吟。

上族政 懷善

尚有儀型老，承先正在今。無將謙退意，失卻冀望心。皓首窮經切，青囊濟世深。家聲憑不墜，族衆待規箴。

初冬村曉

茅屋帶霜華，空林噪曉鴉。呼兒催讀史，掃葉待烹茶。籬菊還堪採，江魚漸可叉。不知窗外樹，偃蹇幾時花。

與從弟屯菴静觀

昆仲離羣久，相逢百感侵。慇懃賓主意，眷戀弟兄心。雁鷺情何切，池塘夢可尋。聯牀風雨夜，薄海問知音。

寄烟家季澹山崇嶺兼悼亡長姪女

秋水蒹葭闊且深，遥將離緒向君吟。别來忽作籠中鶴，老去常懷海上琴。東渡春歸空悵望，南宫人至共沾襟。阿甥謁罷殊增感，十載睽違直到今。

當年走馬造君家，握手歡迎興未賒。肴買山城烹野味，甕開春酒對庭花。累觴酣飲情何切，返斾著鞭月已斜。回首而今風色變，蕭蕭秋雨剩長嗟。

憶自沈疴去潁濱，蕭然贏得散閒身。交情偏向疎中篤，離緒祇從夢裏親。處處山川皆感舊，年年庭院自逢春。誰知夜雨傷神後，猶見提攜展拜人。
撫摩頭角問年華，轉念殤魂幾度嗟。生本蓬茅勤壓線，性親翰墨好塗鴉。家門不幸悲同厄，歸省無期望盡賒。曙後孤星何處是，回頭忽作鏡中花。
近來纔釋淚沱滂，今見阿甥轉斷腸。契濶詩成愁紙短，英雄氣在苦情長。盛年兒女猶難測，老景寒暄更易傷。况復鄙人衰且廢，從今酒債任尋常。
一回相見一蹉跎，秋釀邀君意若何。試看性天英氣短，盡教情海壯濤磨。彭殤自古真無定，花鳥垂今已半過。獨念朱陳村未還，平時底事慣離多。

客中送四川龔石坪仔堯返柘城

一身去國三千里，書劍飄零異鄉裏。我本東西南北人，愁見先生戒行李。今日送君向濟陽，使我神馳東流水，馬蕭蕭兮風雲起。

憶軒詞

癸巳秋，余寄詩賓南墅先生，有『秋林紅葉甕初開』之句。明年夏南墅攜所和詩見過，而余已先之平輿，旋里寄此以謝之。

昔我向平輿，四月之廿七。聞君顧我廬，五月之初一。屈指相隔時，止争三五夕。奈何辜負軒車過，孤鶴離巢劇可惜。君來况復攜詩來，滿袖瑶花慰薄才。瑶花須對紅葉釀，曾蓄秋林候琴臺。香盈紅葉林中甕，人望白雲深處隈。白雲彌望無蹤跡，紅葉滿林自徘徊。憶昔釀熟秋林裏，幾度明月甕未開。别有欵待剥啄酒，此甕山荆抵瓊瑰。藏之山荆留君共，問及青童轉自哀。關山有恨悲常開，風雨無緣共舊醅。茫茫失候藤蘿徑，何日重臨舉素杯。悔余不聽風泉落，日掃深林山徑苔。萋萋山徑無人掃，贏得天花落上台。問鶴底事離巢久，林滿昏鵶獨自回。始歎人生歡聚少，參商難追緑鬢衰。君來顧我我不遇，我歸迎君君已去。君去詩留不見君，空對山月讀君句。

與柘城梁松谷

先是子驤衢遊學柘鹿間，癸巳夏命駕往視，會天行疫癘，父子俱染。有柘城故人梁松谷周旋醫藥，獲痊。作詩謝之。

故友閒居匯濟濱，一灣緑水問高人。摧殘英氣不知老，典盡山田未覺貧。自古賢豪難得志，於今世事總勞神。芝蘭獨羨層層茂，佇看齊遊雁塔春。驅馬襄山最上頭，襄山風景望中收。楂梨病險憑仙藥，文武才全資壯猷。濲水春風常命酒，茂陵秋霽好還舟。天涯爲我心情盡，回首當年歎舊遊。

林安齊汝止索余詩集鈔寄跋之

當年日日造君廬，君尚童時未受書。回首山城風色變，卻教秋雨困相如。
佳會茫茫事已陳，交情空向夢中親。誰知痛絶瑶琴後，尚有徵詩索句人。
寫去新詩强自寬，望風懷想奮飛難。箇中無限牢騷意，寄與安齊仔細看。

春居雜興

冠蓋憑人滿，山林且自藏。課兒嫌晝短，分米歎春長。劍賣牛難買，家貧業易荒。愁來偏得句，時露舊圭鋩。
峯緑羣山翠，泥黄滿徑沙。亂雪争出岫，遠水盡呑霞。雨足春流急，烟深曉市譁。江南紅濕處，渺渺認桃花。
桃李花初綻，江川草半匀。獨憐新届節，盡謝舊征塵。風雨沽春酒，衡廬宴故人。聯牀歡未已，合作散閒身。
薜蘿修垂徑，酴醾倒過牆。開門迎舊燕，築圃護新篁。江社人歸早，山厨客到忙。陶然惟醉卧，無復夢黄粱。

丙申春日客中夜雨

又是陽和三月時，雲容暗暗晝遲遲。客中無限春歸感，祇有襄山夜雨知。
花落山城春正繁，瀟瀟暮雨過郊原。鄉心忽逐東風去，幾度凌空到故園。

乙未感懷寄示子驤衢、雲衢遊柘城

尺鯉當春水，憑陵欲望天。奈何雲路客，終藉硯池田。北海嗟身否，西江歎勢懸。衡廬風雨夜，獨自對愁眠。
壯志消何在，閒情漸自捐。養身妨歉歲，學儉病衰年。多客空囊屢，長途遣价連。佳辰寒食到，沽酒又無錢。
綱向雲衢説，艱難已廢身。拙兒猶恃我，豪性不干人。桂玉貧中價，江山夢裏春。相期惟若輩，努力赴前津。

題大梁萬柳原 黎雲屏觀察興築

淵明有五柳，先生廬閭傳不朽。老泉有三山，三峯聳峙非等閒。何況萬柳環山起，無限峯巒深林裏。雲林難畫清閟陰，摩詰難傳山色美。山色柳陰映水隈，觀察大吏月中來。月明皎皎清如洗，月照烟林荇藻開。手持塵尾凌仙濯，身披鶴氅步蒼苔。息機園裏琴三弄，荷芰亭前酒一杯。酧酒寄將默默意，徵詩常得天下才。夷山汴水尋常地，仙客到處皆蓬萊。總爲太平豐豫久，間因形勝起亭臺。廟堂人帶山林趣，游觀中育棟梁材。梁園從此集嘉植，豈止垂楊萬樹栽。我來萬柳極深處，忽見桃李三千樹。何時移得樹三千，開徧仙源橋頭路。

題怡性園園爲柘城余族叔祖名鵬彩所築

耕讀可傳家，花柳可怡性。何必五陵遊，勞勞尋名勝。山鳥倦飛還，曾美彭澤令。與其悔輕出，何如守恬靜。時與故人期，躬掃薜蘿徑。沽酒話桑麻，攜手瞻蒲杏。此外無營求，夢寐亦安定。勳業燦爛者，升沈都由命。

和商邱陳秋芳桂元原韻

交情老去熱中腸，握手歡然醉一場。滿室芝蘭新獻瑞，半窗書史留生香。高談雄辯堪追古，文采風流迥異常。所恨鄙人衰且廢，愧勞迎迓到山莊。

客中初度和賈海房運濤原韻

客中初度艷陽天，愧向梁園明晝延。顧我蹉跎悲白首，爲君慷慨憶青年。蟠桃勝會難隨後，鐵杖高歌已在前。獨恨衰殘無善狀，瑶花捧到倩人宣。

老馬行乙未歲杪，襄山旋里，廐中老馬顧余而鳴，感而賦之

有馬有馬，骨稜毛赭。顧我長鳴，蕭蕭櫪下。偃蹇無人問，落落嗟合寡。三十年前西山飛，逐鹿西山共合圍。鹿善走險勢難及，馬亶猛健皆坦夷。邱巒摧崩荆棘靡，奮迅奔騰獨自追。當時是馬頭岌岌，追鹿尾喊聲大震。鹿將疲，鹿將疲處馬愈疾，不能轉瞬大功垂。底事造物常多忌，慣使捷足遭數奇。逐鹿未得鹿旋失，鹿死人手空自歸。歸來報効心常在，老去騰驤志已違。舊日同羣皆天路，汗血迴首多是非。悠悠獨卧空廐夜，挫卻當年天驥威。今日聞歌忽驚起，宛從冀北逢知己。鼓鬛風生意凛然，逸氣并吞凌千里。顧我抑鬱復長鳴，使我慷慨悲難已。悲難已兮可奈何，馬兮馬兮奈老何，烈士呼離銜恨多。

襄山祭先祠

余先人世居柘西濟瀆池，考之邑乘及譜牒所載，宋元以來族繁葉廣，代有顯達。明靖難兵起，余支十六世祖朝宗公避亂播遷，遂家於鳴鹿之北武平城爾，時於濟瀆池始祖墓前春秋祭典，尚無缺畧。明季豫省變作，族衆逃竄，十存一二。國朝定鼎，余八世叔祖覆寰公自宣化致仕旋里，招還散族興家立業，頗稱小康。覆寰公歿，而於柘之始祖祭典，寖以廢弛。迨余曾祖洧川公自洧解組，遂家於陳郡東北黃家集之别墅，去柘益遠，更兼家道中衰，數世以來濟瀆之祀典竟致弗通。道光癸巳子驤衢遊學柘城，以文會得與濟瀆池之諸族晤，閱世之别，各訴悲懷。至乙未冬月余始得詣濟瀆池謁先塋焉。祭畢而宴，族政出譜牒相示，始知余支自五世祖朝宗公分出，流離散失，可勝慨哉！備閱全譜明季國初以來，或崇祀鄉賢，或鄉飲大賓，甲第雲連，仕宦不絶，迄今猶耕讀傳家，列膠庠者濟濟然，後先輝映，田産豐豫，松柏合抱，稱望族焉。而余支煢煢遠徙，越世始歸，瞻拜之餘，悲喜交集，遂成七律十八首，命曰《祭先祠》。

先世辭鄉寇正繁，常從仙路望中原。流亡有恨悲前緒，兵火無情悵故園。何意雲孫猶展墓，詎知萍水尚歸源。離愁萬種難倫次，且自襄山去後言。

自從永樂下中州，此地南遷鹿地遊。兵起梁都人復竄，仕歸宣化籍初留。邊勳每憶西征將，烽火常驚洧宦秋。萬死投生十八世，而今纔得祭先邱。

註宣化　余八世叔祖覆寰公任宣化郡守，致仕歸，復整武平城舊業，而遷籍焉。

邊勳　堂叔祖幹才公仕南陽鎮右哨千總。

洧宦　余曾祖元良公仕洧川教論，縣令鄧公解餉西邊。會教匪張壬作亂，幾陷城，公設策平定。上憲保舉知縣，不就事，載邑乘。

鳴鹿旋歸報祖功，朱陽舊壘望崇隆。昭忠勸孝碑文古，抱水環山地勢雄。幾處樓臺連瑞靄，萬重松柏動英風。先人培植嗟何厚，五百年來運未窮。

見說先公累壯猷，恭開牒譜面鴻庥。恩承勅誥圖書在，祀列明禋天地留。晝錦幾人光甲第，邊疆有客運征籌。森森對越簪纓衆，毓秀鐘靈得上游。

註勅誥　余十世叔祖諱三槐，明隆慶丁卯舉人，歷任河間府倉廠通判，河州知州。崇祀鄉賢祠。事載《柘邑乘》。九世叔祖諱殿國，崇禎癸酉舉人，任聞喜縣知縣。八世叔祖諱乾，仕河内縣訓導，皆屢承勅誥。

邊疆　九世叔祖諱淮國，崇禎癸酉武解元，效力邊鎮，累建軍功。

簪纓　余十世叔祖諱三捷，以明經恩選廷試候補知縣，其餘列禮部儒士者五人，鄉飲大賓者三人，鄉飲介賓衆賓者六人，拔貢歲貢者五人，列膠庠成均者五十餘人。

禾黍何須慨故宮，襄山西望氣如虹。尺封不共興亡變，隆準合稱體貌同。獨歎播遷人已廢，旋憐久竄意難通。都將百載離鄉恨，付與今朝一奠中。

設奠空林掃徑苔，松陰清閟靜囂埃。豐和製就粢盛選，贊助傳呼子弟才。風起水源雲忽聚，山迎寶樹秀初開。一人分體今繁茂，濟濟蹌蹌與祀來。

昭穆隨班列木支，先塋次第拜瞻時。何年派落淮陽郡，此日流歸濟瀆池。皓首一堂悲別緒，紫荆千歲會孫枝。愴然忽下本源淚，脉脉泉臺知未知。

酹爵招魂籲式憑，滿懷感慨憶沉升。十年北闕名常繫，三匝南枝歸未能。祭奠愆期甘道路，春秋負罪廢嘗蒸。奈何大典難寬處，久隔雲山幾萬層。

註三匝　余先世自柘遷鹿，復自鹿遷淮，故云。

濟橋南畔鬱蒼蒼，深羨人生樂舊莊。桃李花開勤祭掃，池塘稻獲薦馨香。祀田近舍耰鋤易，松徑通村庇廕長。何處干戈催別苦，遠離宗祖墓墳鄉。

悲喜交并酒一樽，流離竟得薦雞豚。宗圖久缺能全璧，莊號猶同識舊門。大慰生平今日會，盡舒憂鬱在天魂。先靈應有團圞樂，忽見還鄉廿世孫。

註舊門　余祖居柘鹿邑者，皆名門樓莊，故云。

既灌曾聞志寢衰，含情至此更哀哀。精誠可格當垂鑑，靈爽若通祈佑才。心向恪恭求僾愾，神從悽愴下塵埃。焄蒿忽動殊驚我，潛聽如詢何處來。

頭角當年頗自奇，原期軒冕薦粢犧。奈何駟馬題橋後，徒見儒冠拜墓時。一命難邀終困頓，全歸莫保負岐嶷。酒澆欲吐胸中悵，恐惹先人泣數垂。

衣錦還鄉未可期，怱怱身世計歸遲。詎知書劍依人處，卻是關山返旆時。文字有緣通祖氣，顯揚無路報宗支。今朝別具生成感，不是尋常訴久離。

區區心緒訴靈前，話到生涯益黯然。韻府敲殘填海志，藥囊裝罄買山錢。何時鳥道西行盡，有子雲途內顧牽。感雪惜花諸作在，擬將辛苦寄重淵。

註雲途　子驤衢本年鄉試副貢。

撫今追昔事茫茫，慷慨陳辭動滿堂。諸父聽之皆掩泣，衆昆爲我盡霑裳。同根共蒂恩情重，別死離生怨恨長。三獻既終羣戀戀，争邀雞黍慰還鄉。

禮成樂闋祭儀闌，回首風光入畫看。一帶衣冠昭故舊，萬家烟火慶平安。藴將蔚起人文象，繪出繁興世胄觀。林静松青今夜月，先靈憑式有餘歡。

祀畢將酬霽色開，悲風已過好風來。祠修瀔水商營造，譜仿首山參化裁。南畝能全龍虎士，西園近接鳳凰臺。整將舊日青箱業，共育當時有用才。

賓族盈門祭器收，登堂序齒獻觥籌。聖賢座對樽常滿，蘭桂花繁宴最幽。何處尋山投藝苑，幾人結隊上仙洲。紛紛觸奮籠中鶴，萬里欲追天路遊。

辛卯冬日示子驤衢之柘城

日夕下牛羊，村墟寒烟起。老馬呼白駒，蕭蕭鳴不已。壯游念汝曹，遥遥之瀫水。無爲我二人，陟岵復登屺。我生興本豪，常思游千里。偃蹇四十年，中道逢棘枳。棘枳阻我行，身世嗟何否。今汝步後塵，當思卑近恥。努力赴遠圖，勗哉雲山裏。空堂圍爐坐，冬宵更最遲。北風何烈烈，雲暗雨雪垂。有子秣征馬，温語慰慈幃。團圞天倫樂，底事催別離。男子志四方，拘守亦徒爲。莫嘆前途遠，著鞭有到時。聞雞辭中夜，長跪請歸期。不作游子色，裝束就驅馳。衰病不惜別，爲爾一解頤。

寄圃詩草次集

敘

古之論詩者，以抒寫性靈爲貴，而歐陽公敘梅聖俞詩則曰『窮而後工』。蓋詩以言志，故雄奇磊落、負不可一世之才而不見用者，往往託詠歌以抒其懷抱，此古今詩人所以多詘於遇、阨於時者之所爲作也。寄圃王君少負奇氣，能文章，慨然有建偉業、質當世之意，爲諸生數十年，不獲一遇，惟舌耕爲業。中年病眸，遂用自廢，於是本其志所欲，就意所欲言者，一著之於詩。歲月既久，漸次成帙。其初編皆君手訂，兹編則君没後，其令嗣小圃孝廉不忍先蹟就湮而彙萃以成者也。小圃爲己亥年孝廉第一，與余長子昶熙爲同年友，計偕入都，談次出其先人詩集示余。余因獲盡觀之。其爲詩清而腴，質而秀，不規撫古，以自寫其性情，而激昂慷慨之氣、騷楚悲戚之音，亦時時濫楮墨之間。故一時文人學士讀其詩者，無不心焉服也。荆之璞，隋之珠，得一良工雕飾之以登於廊廟，觀者莫不心驚目眩，訝其神奇。及其淪泥沙、栖巖谷，川嶽不欲洩其藏，鬼神不能探其秘，惟於風晦月暗時，一露其光於青林碧草之間。即間有過焉者，睥睨及之而不知其韜光匿采、抱恨於深山窮谷中者，爲已久也。以君之才之志，不獲見而徒託詩歌以自遣，可謂窮矣。然時數莫移，有美必彰，君以詩名當世，而一時文人學士嗟嘆之，揄揚之。而小圃孝廉大雅宏達，復能繼至述事，以冀大有顯揚於後。然則君雖窮，抑又有所不窮也夫！是爲敘。

道光二十一年歲次辛丑，武陟毛樹棠書於京師寓館之沁善齋。

序

王君小圃於予子競爲同年生，庚子計偕，獲讀其先人寄圃先生初集。今歲留京過夏，復以二集見示，且求識其簡首。先生之詩，予友毛君芾村言之詳矣，奚以益之。然予獨反復其集，而知先生之非僅詩人也。彼夫流連光景，雕鎪物態，争奇鬥巧於篇章之間，出於羈愁蕭居者固多，而無疾之呻、不衷之語，借山厓水瀣以炫技而釣名者，亦往往錯出而莫辨。寄圃先生有是乎哉？負璚偉之才，懷經世之略，一第未得而遽以目疾廢家園，偃蹇以自寄乎？懼與草木同腐也。欲起而事事，而此身後不能自致，此其侘傺不平之鳴。雖凡人不能以自已，而況振奇之士乎！然取其集而讀之，書寫性情，扶翊名教，其志平，其音和，而不蓄積厚而流，不得已而託於詩，而非斤斤焉以詩自鳴者，而詩之工拙固所不計已。予性不嫻吟咏，且公事倥偬，於先生之詩未能領悉其底蕴，而因詩以知其人，若有知之獨深者。不知小圃以爲然否？

時道光乙巳仲秋，固始祝慶蕃拜譔。

序

道光戊戌，余館於潁陽李梧圃家。時梧圃北上，余方與諸生朝夕切劘，適家僮至，言仲兄病且篤甚。余星夜馳歸，比抵家，兄已見背矣。嗚呼慟哉！天何不仁，而奪吾兄之速耶？豈吾之應折一臂耶？姪輩之應早孤耶？抑吾兄之所造數使之然耶？吾兄自丁亥病目後，身體尚健。猝於今年六月二十二日，東村蔡某具酒食邀席，罷歸尚無恙也。燈下與驤衢等談詩論文，復飲酒數杯，至夜分倏覺心有不適，然無大苦也。抵明竟捐館焉。嗚呼！人之修短，縱云前定，然何至如此之速？何至父子不得囑一言、兄弟不能睹一面？悲夫！吾兄平日嘗曰：『四海相知，惟子由繼。』自今子由之相知者，更何人哉！抑又考之唐史，杜少陵客耒陽，值大水，縣令具舟迎之，至衙設牛脯飲酒，一夕而卒，時年五十七。吾兄得病之速如之，所卒之年亦如之。亡友趙石臺孝廉嘗云：『寄圃詩慷慨悲壯，綽有拾遺風。』吾兄豈其後身耶？不然何才調之伉爽同，性情之激昂同，遭遇之坎坷、病卒之遲速亦無不同，造物之位置亦異矣哉！爰囑驤衢：『除前已刻外詩若干首彙鈔成帙，珍而藏之，以俟質諸當代，付諸梓人，庶不没汝父半生心血也。』編成爰弁數語，用補前序所未及，以爲吾兄之小傳，可即以爲二集之小序亦無不可。

時戊戌九月重陽後六日，同懷弟椮枚淚書於潁陽書屋。

寄圃詩草次集卷一

早春晴雪

深庭雪霽砌流交，暖對晴窗句自敲。嫩緑薄烘楊柳樹，新紅初綻海棠梢。銅瓶花燦春盈帳，石硯冰融墨聚凹。臨罷黄庭人意快，空林閒看鵲編巢。

宿山家

險路催征馬，輕車逐澗流。朝從山外入，暮向竹中留。雨霽星輝朗，林深夜氣幽。石牀閒坐處，已與白雲遊。

謝蘇松園先生留飲見惠

昨造先生廬，先生正梳頭。我聞欲不入，被髮趨出留。感君慇懃意，攜手共登樓。樓居深林裏，清輝照户幽。壁滿滄州畫，茗烹碧玉甌。少頃羅山肴，醪香繞座浮。一杯有餘歡，三杯盡解愁。五杯十杯後，歡娱語漸稠。十觴累一舉，虹氣逼觥籌。談心傾肝膽，看劍觸壯猷。話到極深處，慷慨涕泗流。豈曰豪俠交，總因意氣投。臨別何綣戀，餽贈厚且優。貽我海獺皮，光我敝貂裘。佩服君子德，感嘆烏可酬。至今青林夜，幾度傍君遊。

秋柳詞十二首

爽氣西來莫暫留，垂楊黯黯盡成秋。誰憐古木迎新主，人過前川憶舊遊。洛水曲終春渺渺，吴姬香冷夜悠悠。含情重向桃花岸，蕭瑟愁經東渡頭。

芳林雨歇綫垂衣，疇昔風流世定稀。麗質楊妃新浴罷，少時張緒早朝歸。青迎翠黛春山霽，緑倚紅霞海燕飛。此日臨池驚瘦影，當年回首嘆全非。

猶是當時舊體材，纖腰欲舞憶芳埃。朝朝暮暮垂垂老，雨雨風風暗暗催。蘇子逃禪情已澹，謝家咏雪句空裁。奈何絶世陽春艷，徒向秋林取次衰。

昔日丰姿竟渺茫，漁陽夢裏定魂傷。盈盈楚女青娥老，濯濯王恭緑鬢蒼。黄鳥何堪還繞樹，翠樓無復再凝妝。征人縱有封侯信，畫錦迎歸也斷腸。

見説章臺過紫騮，紛紛豪貴聚歡遊。花難常好江南恨，人怕重經漢上愁。倏忽繁華時已去，蹉跎仕宦水空流。不堪回首笙歌處，夕照寒鴉樹樹秋。

送客誰家餞道歧，連山衰柳路逶迤。江南江北何蕭索，亭短亭長總別離。戍守及瓜風黯澹，里娘歸浣雨淋漓。無窮秋意頻回顧，愁對疏林舊酒旗。

漢晉當年武畧奇，感時懷古嘆遷移。周營葉滿埋傾壁，陶鎮秋高想建旗。楨幹堪支材已老，煙塵欲掃綫空垂。雲中學種原消遣，此日翻增壯士悲。

日暮藍橋鷗鷺飛，長河西望送殘暉。笛吹羌地霜千里，印解安城秋四圍。樵牧徑通攜酒岸，蒹葭露冷釣魚磯。蕭蕭疏影無人到，聽鳥眠琹各自歸。

芙蓉落處月昏黃，蕭瑟秋思總自傷。西出渭城知冷暖，重來汾水見炎涼。奈何繁盛争攀附，無那彫零便短長。任是山中松柏樹，可能時數論低昂。

折得殘枝送暮秋，幾時春信到涼州。空懷老幹扶官道，深羡霜眉夾御溝。白雨驚回仙客夢，青襟誤卻少年頭。有衣未染憐彫謝，落葉西風滿敝裘。

年年摇落意徘徊，吟偏重陽識化裁。堠館驛亭行處老，燕幃趙帶夢中衰。南征明月雖堪憶，東望晴烟會可回。若問韶光何日到，今春原自去秋來。

悟得盈虛味最長，轉因楊柳嘆羣芳。秋花漫笑陶門冷，少女還催塞上霜。積雪峨嵋猶失翠，經冬桃李更先黃。能深根柢春常在，千古讀書尚有堂。

獨坐

獨坐無聊甚，閒吟故故忙。晚餐嫌睡早，多病覺宵長。荻老江盈碧，瓜香蔓露黃。堪憐秋色好，懷遠憶睢陽。二子遊學處。

孤鶴

孤鶴戛然鳴，傍舟清音送。欲喚舟中人，可惜人在夢。

哭郡伯瞿子皇夫子代子驤衢作

襄山夢星隕，滚滚大如月。熒熒襲人衣，皎皎何不滅。念此心驚戒裝回，縱馬歸來山已頹。嗚呼噫嘻吾太守，始悟夢中留光久。生前常得共談心，殁後猶爲難分手。憶昔佳會開西堂，朝朝呼予奉壺觴。春秋佳日無虚度，顧我感慨意偏長。爲我親老家貧謀贍養之路，爲我書劍飄零開簡練之方，爲我焚膏繼晷裕三冬足用之文史，爲我智名勇功策萬里遠到之顯揚。迄今十載期國士，王孫圖報何茫茫。詎知從此成永訣，攖心之痛，獨悲知己之靡常。愁雲慘淡官衙冷，魂兮歸來寸寸腸。忽聞臥閣清風起，若聞若見清風裏。清風繞地吹我衣，我欲凌風從去。嗟塵緣之難已，魂斷長天幾千里。

秋日郫居雜興十首

當年底事望仙山，陟峻窮幽欲度關。再訪桃源無覓處，却來江上討清閒。

羣壑蒼茫晝欲昏，深林黄葉護柴門。夕陽未落窗先暗，教子攜書趂樹根。

河漢殘雲淡欲無，一犂秋雨潤如酥。老人夜起催耕早，烟火空林照牧芻。

嗟予壯歲棄山田，一别廬閭廿四年。蜀道歸來孤夢隱，却教紡績破安眠。

甘霖竟日暗山頭，好竹盈庭景最幽。白板閒關高卧處，萬竿烟雨畫圖秋。

乍覺山窗暗碧紗，白雲垂脚帶風斜。何人冒雨還來訪，爲有陶君滿院花。

柴荆剥啄唤奚奴，何處魚鴻轉念吾。雙鯉忽來求近稿，人間底事已知途。

風雨接朝水接天，尺鱗激浪過前川。秋耕暫歇人無事，争向江頭弄釣船。

被髮入山深復深，榻藏寶劍壁懸琴。林幽地僻無人到，且對秋風自在吟。

江天恣意卧孤村，杜若還鄉欲閉門。農務春流隨日度，何須萬里問乾坤。

丙申商邱賈少府小亭宦杭旋里見過

聞道吴山返，今朝肯惠臨。江天容嘯傲，宦海任浮沉。孤鶴歸林意，閒雲出岫心。軒車欣過我，慰誨誼殊深。

策論家聲舊，簪纓世胄新。江都台輔器，雪苑詠歌人。故里花迎客，歸帆雨送春。索詩何惓惓，爲我示前津。

前題七古

小亭先生好山水，夢想常縈林壑美。雪苑讀書二十年，飄然一宦遊千里。聞道餘杭山水幽，攜琴負劍下杭州。杭州西繞平湖水，朝朝載酒畫中遊。今日遊訪王摩詰，明日遊偕顧虎頭。南屏山下迎慧日，飛來峯前醉素秋。一連十日稱勝會，萬頃湖山筆下留。無端忽動蓴鱸感，旋向江干買去舟。昨日忽傳河北使，上憲擢君催行李。長途渺渺出睢陽，因事順心欣然喜。奉使高吟歸去詞，宦囊但購剡溪紙。準備春帆細雨來，無窮妙悟水中沚。一路看山寫新詩，詩成人得畫山師。一幅山水寫未竟，滿懷詩興何淋漓。爲問宦海浮沈者，誰似吾君瀟洒之襟期，索君詩卷探幽奇。

與賈海房話舊

梁園高士夜聯床，燈火西齋話最長。但見胸懷常浩落，誰知遭遇半蒼涼。白雲四望空垂涕，青草三春更斷腸。我抱牢騷君抱恨，回頭身事兩茫茫。

訪睢陽陳秋芳先生留飲

故交殊念我，車馬接來遊。詩禮家聲舊，亭臺宅第幽。意超滄海粒，神邁大江流。何處天涯客，鴻泥得暫留。

握手言歡處，清風滿座賒。山廚烹異味，春酒醉名花。忠厚貽孫子，安閒度歲華。應瞻蘭桂發，繁茂蔚雲霞。

宿呂家潭舟中曉發

江天曉發最相宜，詩境宛同杜拾遺。夜半人喧知水長，窗中樹過覺舟移。微風細草情何限，落月明霞景亦奇。一帶烟波晨氣早，真從畫裏辨迷離。

旋里遣興

一去天涯經歲年，今朝客子乍欣然。歸途風雨皆佳趣，小圃肴蔬壓盛筵。廬舍宛開新境界，夢魂重繞舊山川。啣杯羞對東家老，問我滄江底事牽。

夢從兄士珍

吾有同高昆，落拓不可測。江南路渺渺，三載無消息。昨夜夢君來，籃縷嘆行色。白晝當年鬚，顧我殊默默。豈是平生魂，故里懷宗德。依依手足情，懸念降我側。醒後不成眠，盼望心惻惻。窗牖昭昭明，屋梁猶深黑。淚下濕枕席，恨我無羽翼。春草自年年，會晤何日得。

春筍

巨筍裂砌石，奮角待春雷。當午山前暗，濃雲送雨來。

賒酒

山館賒春酒，高樓宴舊徒。債憐行處有，錢嘆到家無。價倍尋常起，門聽再四呼。客來殊自笑，惆悵小奚奴。

咄嗟催速返，瓶罍愧空提。去去常逢雨，勞勞數踏泥。值商明日到，券且暫時題。却憶銷今帳，羊羔醉唱低。

爲有貂裘在，當壚色笑和。且聽歌慷慨，愼莫話蹉跎。千日能賒否，今生負債多。陶然須盡醉，君興問如何。

題沈邱李梧圃深竹讀書堂

居有三竿竹，定知主人清不俗。家有兩株梧，定知中有讀書廬。何況修竹環居里，萬樹梧桐圍廬起。雲林難畫青閟陰，迴廊曲檻寒聲裏。迴廊曲檻通幽房，幽房穿過又迴廊。行到迴廊極深處，豁然洞見讀書堂。廣廈氤氳氣蒼蒼，湘簾透澈陰涼涼。翰墨圖書萬卷藏，牙籤玉軸凝芬芳。至此真覺烟火絶，纖塵不到書聲長。書聲朗朗人如玉，韻繞花深句句香。不是桃源真仙地，如何風景盡非常。人能遊此真清處，我來此地何能去。漫説文字有因緣，身被竹畱皆夙遇。竹能畱客客便畱，與竹同醉梧堪據。

丙申憶大梁道中旅邸曉發

壯遊常憶望星馳，回首還追旅夜時。人静壓狐輕近寢，月明宿鳥乍移枝。催車呼僕嫌天早，待曉聽更恨漏遲。一唱鄰鷄争就道，當年底事不如疲。

註　時同宿客有夢中驚呼壓狐附身者，余甚異其聞，故誌之。

新秋宿故人山莊

白板雙關寂，香羅兩袖輕。客留深竹處，交重古人情。落日銜山盡，殘霞照水明。南亭秋月夜，尊酒對三更。

村晚

君愛江村晚，吾憐海日遲。惟當羣壑暝，纔悟古人詩。幽渺烟光合，迷離夜色奇。混元初闢處，物欲未交時。

新秋

風雨連朝後，炎蒸一旦非。曉行頻問酒，夜坐欲添衣。岸岸蒹葭老，家家橘柚肥。秋光今最好，底事嘆春歸。

題故人幽居

家在蘇湖烟水西，茂林修竹壓檐低。主人六月不知暑，日倚朱欄聽鳥啼。

賣花

採得名花色正鮮，青童高唱過街前。聲流紅韻傳幽徑，語帶香風送曉天。深巷夢同春盎盎，小樓睡起雨綿綿。問渠滿抱瓊瑶貴，賣得人間多少錢。

盆石

卷石玲瓏秀色深，盈盈一水貯孤岑。烟霞結癖成兄弟，書史同窗閱古今。萬里山川心可會，九天雲雨意堪尋。漫愁仙路離人遠，自有蓬萊當案臨。

盆松

偃蹇孤松不計年，中庭伴我意蒼然。土能尺寸堪培植，材異尋常忍棄捐。幾度盤根纔拔地，何時攜子共朝天。勸君莫嘆幽居困，小隱磁盆且自全。

盆魚

徑寸金鱗生意存，閒庭尺水自乾坤。誰言天上飛難去，暫與池中物並論。北海任教矜得路，西江切莫妄承恩。滴涓曾説風雲起，況乃優遊尚有盆。

目患後憶畫山水

昔仿名圖穎水隈，南宫妙景望中開。一時風雨毫端起，萬頃烟波腕下裁。豈獨文章憎達命，果然造物忌多才。仙山欲絶人間路，不許雲林畫意來。

江南道中即景

魚氣腥江口，醪香沁水涯。稻田飛鶖鷺，茅舍抱蒹葭。沽酒燒紅葉，題詩獻碧茶。晚來投宿處，明月照秋花。

春日宿漁家

二月江鄉暖氣舒，一蒿新漲噪蟾蜍。春醪高酌魚蝦飯，夜雨安眠蓑笠廬。幾幅畫圖懸榻上，多年松竹茂庭除。兒童釣罷西窗坐，世外還知愛讀書。

題果村

曲徑通茅舍，深林護草堂。黄梅肥夜雨，紅棗瘦秋陽。暑溽枇杷謝，煙寒橘柚香。隨時收衆果，煮酒醉江鄉。

秋圃

秋圃秋容豔，遊來晚未歸。人翻紅棗瘦，樹落碧桃肥。冷露菘根茂，深山客履稀。引泉通灌溉，底事動心機。

即景

荻蘆花滿雁南飛，露冷蓮塘蟹正肥。香稻告成新釀酒，秋林紅葉醉人歸。

謝項城高芝崖爲作《寄圃詩草初集序》

奉來名序愧深嘉，無限激昂轉自嗟。豈是冀羣逢伯樂，宛如豐劍遇張華。同門獨嘆窮途阨，共植爭觀及第花。君捷南宫余病廢，猶勤慰誨向天涯。

雲漢紛紛降彩章，因承嘉惠訴衷腸。氣鍾林壑心情僻，志切天倫意緒忙。李杜唾餘神未肖，芩連咽盡膽堪嘗。生平甘苦隨時寫，聊寄人間論短長。

離緒茫茫憶故吾，短歌欲報愧荒蕪。自經弁冕寒芒改，纔受品題彩氣殊。幾度巾車思命駕，何時樽酒共傾壺。青林黑塞常來往，爲問拾遺有夢無。

飛蝗行

丙申中元夕，颯颯秋風起。人言蝗蟲過，霏微明月裏。猶幸數日不爲災，村民鼙鼓謝神來。十有七日天將明，夢裏忽聞風雨聲。村村傳呼蝗蟲至，洪濤萬頃東南行。暗暗烟瘴田園變，漫漫黄沙溝澮盈。又如大將驅精兵，數萬鐵騎下邊庭。出其不意密軍情，疾走銜枚暗劫營。不聞號令不聞鉦，但聞人馬戟矛悄悄鳴。駭然殺氣鬼神驚，誰干天怒者而示此災警，降得天殃誰狀名。一連十日飛不盡，去去畱畱邛隴平。嗚呼噫嘻！從此萬寶皆毁棄。可憐殘穢嗌盈地，拾得殘穢春秕糧。催租詞色嗟何厲，搜盡升斗忍换錢。得錢即輸山城吏，滿屋兒女皆垂涕。

畱别瑯琊黄石夢先生見過

石夢先生定夙緣，青騾下訪意翩然。何年術練山中道，此日情移海上船。恨我壯懷因病廢，知君遠到爲才憐。茅廬相見真如夢，得遇人間陸地仙。

卓卓名言問若何，窮途感我慰蹉跎。攜琴負劍行裝古，苦海慈航開悟多。纔幸心旌逢皓月，忍教意馬逐青騾。飄然一去難畱駐，萬里烟霞一笑過。

註　附石夢先生傳畧　先生姓黄氏，名鶴化，字清霞，號石夢。瑯琊人，年四十餘，青眸紫鬚，器宇非常。時仲冬著貂帽狐裘，騎青騾，從者一人騎白馬，皆稜骨高竦，日可數百里。薄暮抵舍，劍佩行裝之盛，望之悚然。既通姓名，自言有弟遊學不返，母遣尋之。道經江南，於鄉塾得余詩一卷，按籍來訪。晉接間脱畧忘形，宛如夙好，所言多天人命運氣數之説，通達洞澈，無不中肯。予聆其論，頗有覺悟。向來患目，憂鬱之氣不知何以無存也。及細叩其蘊，始知於書無所不讀，尤精韜畧，好詩歌。一日酒酣，談劍術甚悉，請舞之。初不許，亟請，乃更衣拔劍起舞。時中庭明月如水，劍光耀處，悲風四至，疾若蒼鷹，奮擊颯颯有聲。頃時舞益急，閃灼明滅，變化出没，不可端倪。怳惚間石夢已失所在，但見滿院劍光寒芒奪目，衆大駭，亟呼之，不應。復大呼曰：『觀止矣，請先生罷舞。』忽劍光竪下，鏗爾擲地，石夢飄然而前，呵呵鼓掌曰：『諸君勿驚，此公孫大娘法，博一笑耳。適承雅囑，故罔敢終韜，未足爲人道也。』明日早起，出裝中金可百兩，題其封曰：『此物頗佳，俾人意快。但世多不善蓄，亦不善用，難無咎。君達者，必善御焉。納戔戔，令襬襶子畏服，屏息逐熱，不覺粲然霽顔，抵一帖開鬱散也。』另行云：『瑯琊過客清霞石夢題。』書法飛白，筆力遒勁，雙手奉余曰：『囊有餘資，稍稍分潤，助君高吟，幸勿見哂。』予驚，辭不許，然受之於義殊不合，遂力卻之。石夢徐而嘆曰：『君本非常人，奈塵緣太重，誤入迷途，雖所著終當大顯，而相見甚晚。文章憎命殊，可惜也。今固辭鄙意，予亦從此去矣。後會有日，君其勉諸。』力畱之，終不可得，乃作歌贈余曰：『風蕭蕭兮催别離，握君手兮解君頤。塞黑林青兮後會有期。』歌聲慷慨，若出金石，一時坐客莫不掩泣。頃之，行李已戒，將就道，又有作云：『悲歡離合是耶非，若到歸時總得歸。萬里雲山從此去，青騾迅逐雁南飛。』援筆立就，挺身便起，呼從者貽囊金十兩曰：『此無他，勞庖廚也。』辭之不及，騰騎而去。余《初集·自序》中所引石夢，即其人也。

觀釣

無患無争得自由，如何轉瞬繫金鉤。詎知暗處貪香餌，已有機關在上頭。

剥棗

移棗當年憶舊栽，清秋剥去笑顔開。修成聖世風詩果，養就名山著作材。萬顆珊瑚收隴畔，一林碼磪晒雲隈。誰言形體從今瘦，自有紅光現老來。

即景

蕭瑟閒憑眺，清晨氣最涼。寒林霜下紫，秋果雨中黄。垂釣嫌天短，尋花覺路長。小山風動處，叢桂已含香。

秋夜客中聽梧

昔年好種樹，窗外數株梧。山深林密窗色暗，日倚樹根歡讀書。又懷山間明月照，樹下彈琴復長嘯。倦來和衣臥藤牀，蘧蘧一枕黄粱覺。今夜梧桐何飄然，三更漏盡未成眠。寄語人間栽樹者，栽梧莫栽客窗前。

秋日客中晚景

江干粱稻穫初空，水氣侵村冷漸通。蛩語經寒皆斷續，砧聲人暮倍丁東。滿庭白露黄垂橘，萬樹紅霞紫墮楓。蓴菜鱸魚纔欲忘，天涯底事又秋風。

秋江垂釣

盈江新漲下中流，餌向柳陰深處投。荇藻銜波縈釣線，荻蘆臥水掛魚鉤。錦鱗滿載邀佳客，明月三竿送去舟。玩物適情聊自得，何須海上問鰲頭。

丙申授衣示妾

授得寒衣且度春，一言擬告慰艱辛。詩書力助期佳會，井臼躬操輔病身。豈爲綺羅纔適我，須知時命不猶人。耽耽齊相猶從儉，褻布釵荆莫怨貧。

眼鏡

遲暮昏昏嗟已虧，水晶雙片玉光垂。神瞳得障翻臨眺，老眼無花快展眉。溽暑三更憑月照，曉霜千里任風吹。何人善創孔明法，萬景都從鏡裏窺。

秋霧

雲氣蒸秋水，空山霧四垂。峯巒高易見，竹樹近難窺。滴翠沾衣履，飛嵐濕宇眉。米家圖裏過，把釣愛迷離。

送春

斜風細雨送春歸，紅藥翻堦花事稀。獨有茅齋梁上燕，往來猶傍主人飛。
桃李陰濃長碧苔，鶯鶯燕燕盡徘徊。薔薇花盛春歸後，漸有蝶蜂繞架來。

春日即景

風雨連朝淑氣通，江南春色畫圖中。萬重山水同歸緑，惟有桃花兩岸紅。

漁家樂

幾隊漁翁出釣臺，烹魚載酒下雲隈。一篙暖浪舟行易，都向桃花深處來。

村居即景

竹茂幽人里，山深處士居。一庭垂橘柚，滿岸燦芙蕖。孤鶴藏林密，閒雲出岫徐。客來欣命酒，久釣自多魚。

丙申送子雲衢之睢陽就驤衢客館

汝弟今東去，臨行感戀依。心隨殘暑熱，意逐亂雲飛。揚顯期偏重，門閭倚忘歸。客窗燈火夜，謹慎愛春暉。

白髮情何切，青年興未窮。一鞭迎曉日，匹馬帶秋風。道遠行當速，裝輕路易通。慎無憂内顧，家計有衰翁。

送子雲衢就學睢陽

預戒僕夫莫速催，一言擬告且徘徊。無聊家計姑抛置，有路仙源須溯洄。意馬先馳難駐轡，心燈常炳不成灰。欲知萬種牽懷處，遊子臨行頻唤回。

即景

茅屋藏林裏，漁船繫岸頭。雨多新製網，山近早縫裘。採藥尋仙侣，聽泉愛細流。一般清境在，不羡武陵遊。

丙申郡中慰陳魯璠邑人，名寶玉

良友情何切，談心共夜光。英年時乍否，客館話偏長。兄弟嗟誣累，田園欲就荒。無將艱苦意，挫却志昂藏。

郡中秋曉

海日蒸蒸照郡樓，霜華初重冷衾裯。人喧早市山城曉，酒醒殘燈客館秋。鳩跡乍驚張網地，夢魂猶在釣魚舟。奈何最好江干景，蓑笠輕拋事遠遊。

與張百總慎修夜話軍營站墻

五尺墻垣一丈濠，甲兵林立奮英豪。中軍四哨霜華重，北斗七星夜氣高。冰結鬚眉堅似鐵，風迎頭面利如刀。於今始見君恩淳，萬苦千辛未竟勞。

郡中與陳魯璠夜話

鼠雀紛紛各自争，談心不覺又三更。肝腸披處村醪美，訟獄歸來蜀道平。事到險危知義氣，人臨患難見交情。良時莫忘山城夜，風雨聯牀燈火明。

郡城新泉

吾郡甘泉，舊推南井。道光乙未得新泉焉，在郡西北，蘇湖之右側，負郭而湧，甘美絶倫，亦一奇也。拈詞誌之。

古郡多佳氣，甘泉抵萬金。潺潺來郭内，脉脉潤城陰。漱齒含芳烈，烹茶滌素襟。安能同一汲，盡洗世人心。

九日郡中得驤衢書

閲來尺牘自沈吟，回首門閭歲月侵。别緒忽催遊子淚，名繮難繫故園心。三公貽憾悲常潤，千里封書惜寸陰。況是滿城風雨際，遥遥兩地共沾襟。

感砧

砧聲急處暮鴉飛，孤館蕭蕭過客稀。底事天涯歸不得，滿林風雪未成衣。

訪故人感舊

昔我遊此地，巾車往來頻。白髮與垂髫，歡娱動經旬。今秋復過此，欝欝意難伸。别離纔幾日，逝者已三人。因憶少陵詩，訪舊愴厥神。行樂務及時，暇豫養天真。無以東家老，終歲長苦辛。

冬日客中與陳雷王冰鑑先生夜話

蕭疏殘葉下茫茫，院静更深氣最涼。雁避風威低近屋，霜隨月色冷侵牀。氊幃寂寞憐孤館，燈火青熒惜寸光。尚有西齋人在座，圍爐中夜話初長。

憶舊

當年走馬過山莊，庭院深深蓄瑞光。橘柚垂金環曲檻，芭蕉聳翠隔迴廊。石含曉露斑斑古，簾透輕風細細香。屈指勝遊成往事，華筵轉瞬是黄粱。

感遇詞贈梁松谷

吾友十五二十時，讀盡南窗舊書詩。龍門宫錦奪不得，毛錐無用欲何之。翻然中夜投筆起，平明試馬東郊裏。角弓力控學穿楊，誓將威武揚萬里。天使飛旆下中州，萬衆英才展壯猷。吾友躍馬當先驟，馬如電轉矢輕抽。一發再發三發皆中鵠，中軍飛過不停眸。此時鼓聲如雷吼，砰訇震動睢陽樓。使者起立稱絶技，一軍皆驚贊未休。正是青雲初得路，定與朱衣共點頭。明日榜發字如斗，吾友果居羣英首。獨奈從此事蹉跎，名場屢困催衰朽。又值太平無事時，江漢流落雲中守。欣然重下董生帷，小范誰識胸中有。昔時戰馬不離鞍，今日書卷不釋手。除却吟詩問何求，酌殘紅杏村中酒。昨日忽聞隱市朝，升斗經營濟水橋。濟水發源長浩浩，濟川轉運日滔滔。四方商賈如雲集，蓋世功名等鴻毛。熙熙穰穰稱觴至，歡聲酒氣徹雲霄。衆人皆賀我獨惜，無限感慨重嘆息。可憐文武全才身，也向風塵混踪跡。

柘城道中

昨自淮陽返，今向襄山去。回頭望敝廬，直等過客寓。

早起即景

老畏春寒甚，風聲怯夢魂。近年争早市，欲起戀殘温。海曙霞何蔚，窗明屋尚昏。敝裘嚴束後，幾度望朝暾。

暮春弔友

春去懷春春已無，昔時春色憶平蕪。不堪重過高陽市，少却當年舊酒徒。

春日攜詩訪松園先生

連山春氣撲芳埃，夾岸桃花萬樹開。載酒舟行紅雨隊，編茅廬結白雲隈。清陰入座窗前竹，秀色迎人石上苔。坐唤青童傳一語，城東寄圃送詩來。

早春即景

晴雲淑氣漸升騰，雪退寒山路幾層。垂累盡消簷下凍，繽紛纔軟徑間藤。窗烘薄暖春凝案，墨吐微烟硯釋冰。晉帖閒臨殊快意，霜毫欲秃舊鋒稜。

炊筍

人苦食無肉，我苦居無竹。去歲植新篁，數竿繞茅屋。但期少免俗，何曾計口腹。昨曉天蒸霞，傍晚雨脚斜。一夜響春雷，滿院盡抽芽。大者如犢角，小者列如麻。難留當路筍，充蔬味最嘉。欣然樂一飽，鼓腹興無涯。人生須底物，而乃更貪耶？

偶興

雨過深庭燕子忙，湘簾高捲透晴光。香殘寶鴨人眠足，蜂滿花棚春晝長。幾度聽鶯臨曲徑，數番覓句向迴廊。閒居竟日成何事，無限幽懷付錦囊。

竹花

吾有萬竿竹，清陰滿園緑。今歲忽開花，憔悴繞茅屋。云此或非吉，吾意亦躑躅。昨夜降甘霖，春雷響山谷。峯巒多滋潤，羣卉如膏沐。豈是琅玕色，蒼翠轉和淑。逐節發萌蘖，清陰漸可復。龍孫有變化，詎知不爲福。

憶趙石臺

昔君顧我廬，君爲賢書舉。殷然拜高堂，歡娱盈眉宇。今我驅車訪，君病已如許。惻然憐我至，起坐呼兒女。兒女拜我前，急命設酒脯。夜深辭君眠，更盡猶揮麈。披心瀝肝膽，句句傾離緒。誰知半夜言，盡是永訣語。天網何恢恢，倏忽幽明阻。昨夜夢君來，醒後君何處。因憶訪君時，涕淚忽如雨。

秋晚山行訪友

馬奮殘途僕更催，危峯倏過勢如雖。江邊日落秋聲起，嶺上風高霜氣回。石隱荆榛疑虎豹，車臨澗谷響霆雷。白雲放入尋幽路，直向松篁深處來。

秋夜與故人共卧不寐

秋至難成寐，挑燈獨下牀。翻書常觸恨，看劍乍騰光。月冷鴉棲穩，更深客夢長。故人何不寤，爲爾唤黄粱。

重陽前三日

晚景多佳色，林□〔一〕樹半黄。秋深農務急，節近酒家忙。素菊纔凝秀，寒風欲造霜。故人雙鯉至，邀我會重陽。

【校記】

〔一〕此字漫漶不清，似爲『欝』字，又似『巒』字。

冬日即景

宿凍晨猶合，晴霜午未闌。雀聲驚瓦冷，松色静山寒。春近飛葭易，林深曝背難。園蔬憐至味，無計獻□〔一〕盤。

【校記】

〔一〕此字漫漶難識，似爲『沂』字，又似『芹』字。

寄李訥齋

訥齋，邑人，僑居沈邸。戊戌春，余造訪之，讌集於李梧圃家。明日遣其子冒雨送詩五首留别。余感其意，歸而賦此以寄之。

故人家在水雲限，三載纔能訪釣臺。好事同嗟愁裏誤，清罇幾向夢中開。淋漓興會非關酒，慷慨激昂總爲才。常憶小坡留别處，滿江風雨送詩來。

回頭潁水去潺潺，良友輕離若等閒。空見豪情留紙上，難將嘉惠告人間。積愁似我誰能釋，舊句逢君欲盡删。所恨沈淮纔百里，敝車羸馬萬重山。

袖得新詩掃壁塵，瑶華高掛更怡神。幾人熟誦行歌去，有客争抄索紙頻。總爲性靈多膾炙，莫傷迢遞怨關津。開軒宛對先生面，霽月光風滿座春。

霜暑年來幾度過，丰神不改舊顔酡。道心久定難紛擾，傲骨天成耐折磨。安得十旬傾磊塊，難期一旦掃藤蘿。奈何人世離羣恨，慣是窮交兄弟多。

莫等尋常倡和看，文緣夙分累心肝。壁間白雪朝朝唱，夢裏青楓夜夜寒。幾度縈懷聽竹露，數番悵望廢□〔一〕竿。秋風定作重遊計，不怕雲深道路難。

【校記】

〔一〕此字漫漶不清，或爲『魚』字，或爲『釣』字。

寄圃詩草次集卷二

空谷詞上錢明府

明府，名世瑞，浙江嵊縣人，道光乙未進士。時由即用來豫，於省垣友人處見余《初集》，題長篇七古一首，遣使寄余。接讀迴環，不勝知己之感。因成此篇，上書謝之，凡五百一十八言，命曰《空谷詞》。

暮林鳥鵲噪，空谷有客至。剥啄叩柴荆，延人詰所事。云是大梁故人寄書來，急命捧書當座開。上言名者物所忌，下言鬼神護者才。中言我生不得志，末言盈虧倚伏會可回。上下言之成七古，説盡鄙人甘與苦。倚天拔地耀光芒，泣鬼驚神愴肺腑。煌煌偉論唤迷途，初如晨鐘後暮鼓。晨鐘暮鼓風生時，四座傾聽欲起舞。獨有山中失意人，不能聽終淚如雨。公在雲霄我泥塗，我已衰廢公遠圖。公處南海我又北，我與公去萬里餘。奈何萍水相逢處，一斑輒邀賞鑑殊。或如卒伍識韓信，或如敗北知夷吾。或如冀北逢伯樂，或如凌雲推相如。或如流水高山聽鍾子，或如干將莫耶遇風胡，直從庸耳俗目外。慰誨殷勤動歌呼，總因大匠逢材惜。一氣相感若閭廬，乃知文字因緣重。勢分雖懸皆合符，從此萬恨都解釋。一旦冰雪消洪爐，不必拔劍歌斫地。又何事折闌干而缺，唾壺始嘆人生感。意氣何分燕趙與越吴，會得天涯比鄰意。四海之内皆吾徒，但能一日隆知遇。死者復生起朽枯，今聽汪洋浩漢憐才曲。已是西江之波及，窮途國士遇之應。感泣國士報之問，有無東隅已逝忽。慷慨會當益壯奮，桑榆念此不堪重。回首茫然四顧空，躊躇未知肝膽傾。何日三杯遥酹祝，宏謨倏忽鴻毛從。風去莫忘中州有病夫，今宵嗟嘆不能已。心燈炳炳寒芒起，寒芒欲接艮嶽雲。願化虹橋三百里，無限感激作短歌。短歌欲歌頻翹跂，勞使藏書不成眠。臨堂危坐懷知己，當是時門庭闃寂。風雨迷離，林青塞黑，山高路歧，安能奮飛在左右，一吐抑塞磊落之襟期。

寄謝梁鶴賓題余《初集》鶴賓，祥符乙未孝廉，原籍臨桂縣

知我者山高路遠不可尋，不知我者褦襶逐熱之子亂我心。身無彩鳳雙飛翼，茫茫何處問知音。昨朝忽下雲中客，翩然顧我降我側。爲我題詞數千言，一往深情何脉脉。使我一讀四座驚，使我再讀羣山青。三讀四讀不成聲，悲風颯颯來中庭。旋如空際行天馬，凌厲飄忽駭觀者。又如天風吹天花，天花飛兮紛紛而亂下。遲之又久不能酬，《白雪陽春》和者寡。重君豈在文之奇，性靈締合乃如斯。請君試會篇中意，盡是憐才悲遇詞。念此伏櫪忽翹跂，慷當以慨懷知己。安得足躡垂天雲，萬里長風隨君起。

寄謝程雨琴題余《初集》雨琴，祥符乙未孝廉，原籍丹徒縣

去歲刻初集，原爲諸友迫。刷印滿山城，遂爲君所得。君得纔一夕，題詞已數百。遣使寄我讀，君意何脉脉。初讀句甚熟，再讀如相識。細按篇中句，盡從拙集獲。乃知集句成，敏妙殊難測。採我葑與菲，播君金與石。果然錦繡心，能織《春雪白》。始嘆臭味同，盡化形骸迹。惻惻見交情，相視總莫逆。以此問生平，風塵難物色。安得重握手，與君共晨夕。我欲擬北遊，造廬酬君德。不恨楓林青，但愁關塞黑。山水悠且長，夢繞君子宅。相視知何時，中夜勞魂魄。

樵夫

山下逢樵夫，採山方磨斧。須乘斧利時，採之無礙阻。

丁酉寄示子驤衢之大梁

當年送爾到京華，相勸蓬山共看花。此日秋風憐獨往，幾回悵望向天涯。
十年挾策往來頻，已是仙源半渡人。老馬識途今轡轡，猶從櫪下戒關津。

山居

寂寂山中景，蕭蕭物外身。烟□〔一〕常近我，鳥鵲不驚人。消恨惟詩酒，清心學隱淪。自從多病後，無復淚前津。

【校記】

〔一〕此字漫漶不清，或爲『爽』字。

客至

鳥鵲驚客至，相對中庭月。問君何處來，君言自城闕。呼童烹苦茗，爲君滌煩熱。請君近來詩，讀之共怡悦。莫將城中事，漫向山人説。

秋日曉望

秋氣催殘暑，晨光覺倍清。江寒楓樹老，山曉桂花明。白露垂深岸，紅霞照古城。關門誰早渡，鞭策奮前程。

武平城在鹿邑縣西北三十里，即曹孟德封武平侯處

尚有英雄蹟，分封著武平。侯門餘古廟，戰壘剩荒城。著雨燐光現，沉沙劍氣横。懷才憐自誤，千載墮芳聲。

丁酉憶大梁

記得梁園競壯圖，中軍出入奮前途。饑寒矮屋催更點，風雨侯門待吏呼。恐後争先成往事，勞形苦志剩今吾。不知此日夷山道，猶是當年風景無。

贈蘇叅軍盆石

移贈襄陽石，山光咫尺開。峯巒窺處潤，風雨意中來。凝翠當生髮，臨池易長苔。名園真得所，從此出蒿萊。
昔在濃陰裏，今逢樹滿堦。庭添孤嶂迥，座對小山排。瘦影花三面，靈根水半埋。當年常伴我，曾作弟兄偕。
欲問神仙妙，當前可會通。洞天何藐小，泉窟最玲瓏。徑尺山川滴，凝眸世界空。默然爲想像，

笑説到壺中。

幸入峨嵋里，知君莫嘆稀。移根雲亂動，當座鳥驚飛。松竹迎新友，塵埃脱故衣。春風來訪處，相見定依依。

江村積雨

蓬蓬石髮長闌干，積雨秋林境最難。煮酒先愁紅葉濕，網魚頻覺緑蓑寒。響傳夢寐簷流砌，浪捲蒲蘆水漫灘。獨喜田疇耕耨易，遂教天下吏民安。

秋夜感懷

庭静鴉三匝，林空月一團。奮飛徒抱恨，病卧且求安。開卷催眠易，懷愁穩睡難。不知今夜夢，曾否是邯鄲。

濟瀆池

在柘城縣西北十五里濟河北岸。時傳禹王治水所鑿，建有瀆祠廟，每值天旱，禱雨輒應，至今列爲祀典

尺水通滄海，蒙泉發豫州。禹王明德在，濟瀆大功留。風雨從中起，馨香應世求。爲祈雲出處，灑淡降英流。

殿閣何年建，臨池欲溯洄。神功昭水土，廟貌隱風雷。常有蛟龍護，時傳鬼怪來。明禋邀庇佑，端賴治平才。

註鬼怪　世傳天大旱，歸德太守率官吏設壇祈雨池上。三日命夫役鑿池，至極深處，得巨鐵梁，梁貫巨鐵索，東向用轆轤鉤索至岸。一日成，極大堆，至晚歇工，明日索盡吸入池，遂大雨。蓋禹治水時以鐵索繫水怪于此。

秋夜

日落柴荆掩，良宵獨倚欄。蛩聲吟月冷，池影墜星寒。塞黑懷人路，波明宿雁灘。不知梁苑客，皓魄共誰看。

丁酉仲秋偶成

林下秋容寂，蕭然淡物情。盈堦黄葉墜，遮岫白雲生。石髪梳風細，山頭洗雨明。桂花今已綻，幾許奮仙瀛。

宿濟水晚眺

投宿層陰起，江村一望賒。歸樵擔雨疾，罷釣負風斜。林黑鴉塗樹，灘明雁聚沙。秋聲偏聒客，瑟瑟送蒹葭。

秋雨午晴

雨歇烟仍在，雲歸午正長。蟬鳴知日露，竹動覺風涼。空谷人踪少，秋田穡事忙。且將林壑興，滿貯小奚囊。

夏熱

山意含潮雨意催，一天溽熱動囂埃。誰能遣此蚊蠅去，無可如何褦襶來。逼我炎蒸臨水檻，炙人燠氣坐庭槐。獨餘松竹能驅暑，晚送清風吹帶開。

歲荒城中有邀余宴者歸而賦之

昨夜山城聚綺紈，紛紛豪飲盡餘歡。紫霞盃貯黄封酒，赤鯉肴盛白玉盤。十萬華筵猶不饜，連朝高會未能餐。詎知南畝田家老，終歲辛勤一飯難。

題山水小景

幾間廬舍兩三椽，萬里江天咫尺全。路斷峯迴真渺渺，花明柳暗自年年。置身常在春朝景，轉眼能尋陸地仙。一幅林巒吾意足，何須更貯買山錢。

丁酉夢中觀余少時小照

是周是蝶是誰傳，底事容身圖畫邊。悔不少時留小照，却從廢後遇仙緣。尋思境況心先醉，欲吐胸懷恨已填。故我今吾相見處，盛衰離合共潸然。

絲絲蘿薜掛長松，背倚春山第幾峯。豪氣逼人嗟傲骨，清光照我嘆圭鋒。恨無仙餌延新髮，誰有精金買舊容。幸見當年真面目，今宵曾否會重逢。

記得春遊月下歸，途中延佇是耶非。並觀忽覺顏增老，相對纔知帶減圍。有分黑甜遲永漏，無端明發憶慈幃。白雲深處悲何在，二十餘年色笑違。

朱衣佛帽立東風，小照悲從寤寐通。多病常憐身太瘦，自雄今見頰猶豐。幾番顧盼精神爽，一覺回頭色相空。始嘆浮生都是幻，盡如夢裏畫圖中。

贈四川龔肩吾

記得離堂酒數巡，勸君西返最傷神。奈何三載重逢後，猶是天涯羈旅人。征車底事任東西，故國山河音問稀。莫把錦江春色誤，須聽林外子規啼。

霸岡懷古

秦失其鹿鹿挺走，霸王西渡風雷吼。烏騅馬死范增亡，定知鹿死何人手。柘邑留得霸王岡，斷盡千年志士腸。楊柳不管興亡恨，依舊青條纖纖長。

培養牡丹歌

東鄰培花花耐久，西鄰不培花欲朽。我觀鄰花意茫然，歸去鋤花不釋手。連朝累日漸抽芽，還復灌溉弄黃沙。勸君莫惜栽培力，養出長年富貴花。

上族人南廬

吾族有南廬，輩出我之上。臭味無差池，疇昔常和唱。今年風雨多聯牀，檢書看劍披肝腸。往往更盡不知曙，顧我慷慨話何長。取我詩歌供吟誦，使我聽之心忽痛。干將莫邪生光鋩，古木寒林經鸞鳳。宗工哲匠紛紛來，流水高山聲聲送。拔出磊落抑塞才，鬼神驚泣默相應。清歌一曲曲未終，豁然山光悦鳥性。少頃天邊露明月，箇中消息向誰説。還取君批低徊吟，吟來吟去自怡悦。秦七黄九任短長，唾壺何時忽已缺。嗚呼噫嘻！邯鄲道上夢耶真，何須咨嗟嘆沉淪。得一知己可無恨，況乃同源共本人。

春日客潁上麗霞峯攜酒肴見過

故人風雨授餐來，載酒攜肴過水隈。三十餘年悲我遇，九千萬里望君才。奇文足慰離羣感，妙悟能平斫地哀。話到前因天已霽，滿江春霧一時開。

誰□〔一〕孤踪駐潁河，江干寂寞對漁蓑。桃花柳絮談詩至，細雨斜風載酒過。屈指纔知歡聚少，累觴總爲别離多。明年定作論文會，主社君家問若何。

【校記】

〔一〕此字漫漶難辨，似爲『從』字。

客中邀麗霞峯小飲

主人今早向江干，買得鮮魚充素盤。寄語鹿門高臥客，可能過我慰春寒。

歸壁詞贈宗人岩固見惠留飲

岩固，鹿邑人，名磐。先是，岩固爲其祖母暨伯叔祖母請建一門三節石坊，索余聯句六首，刻其上。工既竣，岩固厚饋見過。余留飲終日，返其璧，作此贈之。

曾經罹患戀藤蘿，親舊常違色笑和。林密山深憑獨醉，閉關卻掃任高歌。名心已向閒中退，良友都從夢裏過。此日君臨殊望外，不知底事載金多。

空林鵲噪故人來，駟馬高軒駐草萊。白板晝關門乍啟，青苔春滿徑初開。烹茶且奉甘泉足，翦髮難求美味回。總爲僻居江市遠，相逢祇有舊時醅。

夾岸桃花已去春，輕舟誰復遶溪濱。惟餘綠竹能消夏，獨有清風不厭貧。閉户何修叨惠顧，開樽相勸且沾唇。林間置酒幽情暢，況乃同源宗府人。

慇懃致意謝璣珠，爲道余懷一字無。已嘆謳歌歸潦倒，更憐筆硯委荒蕪。山人詎可羞華表，仙録何堪頒釣徒。記得秋風重索句，幾番促問小奚奴。

太平天子崇坤德，綸綍煌煌落上台。金馬鏗鏘嚴勅誥，石花璀璨聳蓬萊。有名忝勅蛟龍柱，無句能勸鸞鳳臺。驥尾遥從殊自幸，合將重幣報君來。

滿門節義幾曾經，沐手焚香漫欲形。三軸綸旌常焕采，九天史册自垂青。敢推管見輕褒奬，辜負芻詢作誌銘。文撰昌黎非望報，多金慚愧列中庭。

蝸角馳驅已淡然，壺觴恣意醉殘年。何須壯志嗟身廢，無復豪情被利牽。家計自饒江上業，生涯頗藉硯池田。還君完璧原非矯，尚有囊中沽酒錢。

渺渺余懷知未知，漫因辭受稍生疑。十年國士憐酬晚，一飯王孫恐報遲。縱返瓜桃終自歉，别圖瓊玖更難期。惟將竹露荷風意，常若南亭月上時。

話到倫常百感生，先人家傳進高明。我臨風樹悲前事，君望雲山動至情。共敘幽懷雙淚墜，同含哀怨兩心盟。靄然仁孝真吾與，恨不移居近鹿城。

天道恢恢總未差，真源世胄著聲華。名山秀水鍾靈地，好讀勤耕積慶家。祖德真堪綿燕翼，國香自爾上烏紗。年來聞到堦前樹，已占東風次第花。

聞君欲去緒交横，無限纏綿酒再傾。賞識自慚天下士，胸懷今見古人情。綈袍饋贈神方契，春草池塘夢欲成。投轄維駒留不住，滿堂離恨一時生。

軒車已駕話難休，僕御匆匆莫暫留。幾日更移花下席，何時得上竹間樓。睢陽仙客邀爲侣，鳴鹿詞人盡作儔。臨別諄諄詩社約，奚囊重整待東遊。

註　是日約與睢陽蔣松田、鳴鹿楊桐谷諸人爲詩社，且囑辱車來迎。

漆園懷古

莊生好作春風遊，栩栩者蝶蘧蘧周。栩栩蘧蘧今何在，梁園之側勝蹟留。聞君前身是蝴蝶，仙凡變化真奇絶。自古生化不由人，君能自化化已拙，何不化五侯？五侯香夢夢紅樓。何不化七貴？七貴身在濃香醉。遮莫五侯七貴之花有謝時，到得謝時更何之？栩栩蘧蘧飛不去，何似閒散散隨所遇。安得從君逍遥遊，花界題徧三千句。君是蝴蝶總不差，翩翩羽化餐流霞。幾人邯鄲戀空色，君從香國度年華。即今桃李花開日，定傍梁園萬樹花。我來花時遊此地，滿眼蝴蝶乘香氣。但見錦衣花帽紛紛來，不知誰是漆園吏。

戊戌夏日謁睢陽六忠祠

殘陴百戰力不竭，厲鬼吞賊賊膽懾。乃能萬里障江淮，遂使河山存中葉。睢陽祠廟亘巨觀，生氣凜凜驚心肝。迄今太平無事日，盛夏瞻謁風猶寒。

是詩成後，爲驤衢輩略説《唐書》忠義諸人傳，議論間未免氣涉慷慨，不覺遺一齒。兒輩驚拾，主人戲曰：『君有睢陽齒耶？太平時不應長留吾儕口。』余嘆曰：『人老體衰，不意失儀若此。』

弔睢陽南八將軍

將軍義奮冠羣師，將軍深謀獨自知。縱使烈氣不遂志，定有丹心共見時。張巡未解君所見，城破猶作南八喚。臨害躊躇憤沖天，遺恨浮圖回頭箭。

弔睢陽六忠

昔日没頭鬼，今時列祀神。今時無塚魄，昔日悖義人。我作此歌歌未已，悲風颯颯從天起。風從天起高千尋，彷彿六忠彩雲裏。鎧甲照耀映日明，仙幢縹緲隨霞綺。惘然下視睢陽城，如弔當年舊戰壘。驚駭彌望焚心香，魂兮歸來頻翹企。生爲忠義死爲神，永障江淮幾千里。獨憐老臣萬年觴，南宫歸後奏霓裳。但聞君王求仙子，不聞宫壺懷睢陽。

微子墓懷古

君憂臣辱，君辱臣死。一夫不悛，不死何俟。獨有微子不攖鋒，飄然遐舉何從容。阿叔佯狂無復道，比干就義貫長虹。逆知武庚不足守，忍使血食歸蒿蓬。求仁得仁從此去，回首河山淚眼紅。遂使九廟馨香在，宗社久與天地同。我來驅車過此地，猶見苗裔抱遺器。荒烟蔓草幾千年，悠悠世宙存生氣。

少年行

夷吾忍三北，淮陰辱袴下。丈夫有遠圖，慎重分鹿馬。況復平原死，智伯絶流亞。綈袍一飯德，自有千金價。無將肝膽赤，徒剖中行者。孝子不登高，且復戒臨深。如何廢往訓，險攖白刃侵。左右色如土，觀者爲寒心。人生感意氣，波撼邱山身。未可聽吼鋏，輕驚倚閭人。

汪少浦，余門下士也。性慷慨，尚意氣，授徒河陰。弟子某被其族惡少誣於官，耗貲廢學。汪怒，首白坐誣，擬滿杖，惡少銜之。懷刃刺汪，幾遇害。汪益怒，歸告父母，將上控，置諸法。余作是詩諷之，乃止。

即景

幾家茅屋水雲隈，紅杏連村取次開。剥啄聲中風雨急，故人載酒叩門來。

夏日夜雨宿賈海房修竹廬

修竹廬中竹萬竿，晚來風雨壓闌干。門庭幽暗人初静，燈火青熒書共攤。滌盡煩襟消溽暑，敲殘客恨報平安。主人欲臥辭歸後，赢得清音竟夜寒。

夜雨挑燈酒一甌，修篁繞屋氣颼飀。何須遠引逢僧話，且喜遲歸爲竹留。檐瓦溜沖三徑石，湘簟被冷滿牀秋。蕭蕭幾度驚孤夢，多在梁園深處遊。

夏日道中

誰嫌幽棲客，炎天道路中。望雲疑有雨，覩樹嘆無風。日夕山光赤，塵飛馬汗紅。獨憐田舍老，酣睡緑楊叢。

旅次有感

道經百里便炎涼，回首山川是異鄉。别後民情驚乍變，征途物價怪新昂。嚴墻陋室難入寢，冷炙殘杯勸客嘗。所恨季鷹輕一出，莼鱸空憶故園香。

春日雨中野店小飲

麗景東郊面面開，正逢春雨暗江隈。杏花酒向詩中問，牛背人從畫裏來。泥滿烟村尋故友，香盈風柳賣新醅。歡君莫惜尋常債，過眼浮雲醉一回。

春曉野興

欲盡登臨興，沿堤未可窮。沙平鴻爪聚，溪滿澗泉通。白雨垂雲黑，青山照日紅。桃源何處是，一徑落花中。

山莊

何處幽居近水陂，幾家廬舍淡襟期。酒沽江社呼鄰叟，果賣山桃趁小兒。垂釣船從蘆港返，納涼席向樹陰移。欣欣物外天真樂，欲謝征塵事已遲。

客中悼懷趙石臺孝廉

流水高山夢一場，賞音知己幾時忘。朔風捲地分羊左，陰雨連天思范張。豈料泉臺先契濶，可憐蘭樹委荒涼。月明夜夜催人淚，何處南亭不斷腸。身世由來百事磨，自登桂籍更蹉跎。幾回北上愁金盡，纔許東遊悲櫬過，搔首無門徒抱恨。生材有用慣遭魔，異鄉怕作懷君句，恐惹從遊怪淚多。

註東遊　初，李醉竹夫子守陳時，嘗厚遇石臺，至是陞天津道。石臺久病資乏，擬病減詣天津，爲遊學計。無何，天津訃至，醉竹諸公子扶櫬歸里道，經于陳矣。

夏日道中

日夕紅塵赤如赭，馬身流汗如雨下。荷鋤農夫歇樹陰，余亦停車休僕馬。少坐清風吹我衣，山鳥投林擇樹飛。僕貪午蔭弗肯去，聲聲鳥啼不如歸。

秋夜夢醒感懷

黄葉青燈白板扉，滿林秋氣嘆春暉。形神已敝心情在，山海如常世事非。寒夜聞雞還奮起，壯懷觸酒尚餘威。無端忽作邯鄲夢，猶向烟塵馬上飛。

夏晚

雨歇園林暑力微，松篁滴露冷霏霏。滿村明月乘涼晚，清影隨人作伴歸。

江村客至

剥啄迎佳客，開門掃徑苔。婦愁家釀盡，我喜故人來。市近沽醪便，魚多舉網回。放船烟水濶，載月任徘徊。

同諸友探故人病

秋雨連綿際，巾車問病來。天逢晴日露，人覺霽顔開。陰痼雖云盛，陽春會可回。爲憐親友至，力坐久相陪。

慷慨心猶在，蹉跎興未闌。弱陰愁日暮，瘦骨怯風寒。世事推雲渺，浮生作夢看。放懷憑造化，減慮便平安。

小院

誰謂幽棲隘，壺中別占春。樹低蟬聒耳，屋小燕親人。窄徑纔容篳，疏籬不蔽身。内含天地濶，滿案古書陳。

即景

竟日柴荆閉，幽居樂意長。青苔隨石秀，紅藥滿庭芳。蟻隊行營整，蜂衙奉令忙。静觀皆道妙，取次入奚囊。

戊戌夏日真源旋里聞賓南墅姻家饋海物見過

滿懷離緒累重重，嗌肯來遊却溯從。恨我征塵遲遠道，感君伏暑問孤踪。何堪海物隆嘉惠，頓使山厨擬素封。獨怪參商難一見，五年三過不相逢。

鯊魚雙翅焰騰金，名品還多海上參。滿載珍羞勤命駕，一樽風雨冀談心。鄙人何處輕孤往，駟馬無從作更尋。我欲重擕紅葉釀，訪君或恐又雲深。

顯晦同當節序催，任他天路策風雷。幾年馬跡成詩話，滿眼鴻毛付酒杯。暑氣炎炎終歲改，浮生碌碌轉心灰。秋來浄掃藤蘿徑，定約南遊醉一回。

新秋村晚

緑滿深山月上遲，晚村暑退竹先知。空林寂寞蟬無語，正是梧桐葉落時。

新秋偶成

伏暑三旬容易過，晚來渾欲換輕羅。雨添溪漲蛙聲亂，風度秋林蟬噪多。最愛培蘭將暢茂，卻憐種桂漸婆娑。而今無復夷山興，一任槐花滿舊柯。

夏日村居雜咏

渺渺孤村別有天，幽人旋返乍欣然。且教邱壑留征客，盡把勳名付逝川。明哲何嘗輕罷釣，英雄多半不歸田。於今幸慰林泉志，回首風塵四十年。

倦飛歸去駕東風，萬里關山下鵠鴻。北海盈樽堪自足，西窗有子未爲窮。庭垂蘿薜蕭齋寂，門掩松篁曲徑通。烟雨空濛無客到，終朝獨臥圖畫中。

但聞人語暗難窺，萬樹交加緑蔭垂。烟火空林晨飯早，耰鋤明月晚歸遲。未經水旱知勤儉，雖廢詩書解孝慈。便是桃源真福地，漁郎悵望更何之。

日落林巒起夜涼，江村亞旅共休忙。圃澆筍蕨泉流徑，人話桑麻月滿牀。久坐樹移池面影，半醺身帶甕頭香。況當故里初歸後，逸趣幽情分外長。

北牖乘涼夢不驚，從無剥啄叩柴荆。胸中書味醰醰釀，竹裏茶烟細細烹。苦熱雖蒸荷氣足，甘霖將降砌潮生。黑雲欲送催詩雨，風滿山窗電乍明。

昔日狂歌久淡然，旋因閒散效青蓮。心花綻盡桑榆樹，意匠錘開爛熳天。且向山中尋飯顆，難從海上問成連。推敲不遇韓京兆，誰識烟波有浪仙。

犬吠林深有客來，豆花棚架掃青苔。烹魚翦韭忙山竈，沈李浮瓜坐水隈。爲我歸還談不盡，感君惠顧送難回。約成雞黍纔分袂，屆日垂綸候釣臺。

張樂當年意不舒，今朝聒耳問何如。溪邊蛙鼓聲喧座，林際蟬琴韻繞廬。三徑修篁零沆瀣，中宵飛瀑送庭除。清音領取纔能寢，燈火兒童讀《漢書》。

甘苦年來只自知，閒情取次付臨池。村因地僻開新境，鶴愛林幽戀故枝。柳線難維春去速，桃花解笑客歸遲。丈夫莫遂平生志，遠引何須更待時。

歡然掛劍卸征衣，重整門前舊釣磯。紅杏村中容客醉，青雲道上任鵬飛。溪山路僻塵埃少，夢寐魂安波浪稀。蓋世功名都有命，何如林下得全歸。